竜とそばかすの姫

細田 守

角川文庫
22707

インビテーション

暗闇に、一筋の白い線が浮かび上がる。

ゆっくりと近づいてくる。

この線は何か？

徐々にはっきりしてくる。複雑なディテールをしたユニットの連なりだ。顕微鏡で見た細胞のように、規則正しく繰り返し並んでいる。

細胞？

いや、それは「街」である。

ここは、『U《ユー》』と呼ばれる、摩訶不思議《まかふしぎ》な巨大都市。

この世の知性を司《つかさど》る5人の賢者『Voices《ヴォイシス》』によって創造された、究極の仮想世界。

全世界のアカウント数50億を突破してなお拡大を続ける、史上最大のインターネット空間。

あなたはまだ、『U』をやっていない。

どうやってアクセスするの？

すぐに、自分のスマートフォンを見よう。

トップ画面で、『U』の文字が描かれたアプリアイコンがある。新しい機種のほとんどにプリインストールされているので、すぐに見つかる。

アプリを立ち上げよう。

U will be you.

You will be U.

U will be everything.

あなたが身につけている専用デバイス——イヤフォン、腕時計、ピアス、指輪、眼鏡、ネイル、マスクなど——が、自動的にあなたの生体情報を読み取る。

Reading your biometric information……

認証までのわずかな時間、ディスプレイには『U』についてのポリシーが表示される。多様な人々を表すいくつものアイコンだ。さまざまな性別、年齢、体型、ハンディキャップ等が、さまざまな「U」の形をした図形と対置されて表示される。

「世界に存在する一人一人の違いや特殊性とおなじく、このエートス（ethos）を具現化するために様々な形のU粒子を調べています。／Much like the difference and particularity that makes each individual in the world unique, this explores a variety of different shaped U particles to embody this ethos……」

無数のＵ粒子のなかから、そのひとつが確定する。

認証が完了したのだ。

「ようこそ『Ｕ』の世界へ。／Welcome to the world of U.」

無数に連なるスマートフォン形の窓から、Ｕ粒子が飛び出してくる。

それは、認証された、あなただ。

Ｕ粒子は一瞬で、可愛らしいウサギ型少女に変化《へんげ》した。

アナウンスが響く。

「『Ｕ』では、誰もがリラックスして集い楽しめるように、最新のボディシェアリング技術を採用しています」

ここでは、アバターのことを、「Ａｓ」（アズ＝Autonomous self／自律的自己）と呼ぶ。Ａｓは『Ｕ』におけるあなたの分身だ。スキャンした生体情報から、『Ｕ』が誇る最高のＡ・Ｉが、あなたのＡｓの自動生成を行う。

同じくログインしたＵ粒子が、次々とＡｓへと生成され、窓から飛び出してくるのが見える。

あなた――つまり、小粋な帽子から白くてふわふわした耳をぴょこんと出した、愛くるしい少女——であるところのあなたは、初めて出会った仲間たちと共に、スカイダイビングのように降下してゆく。

視界を埋め尽くしていた雲海が、突如として開ける。トワイライトの光に照らされて反射する超高層ビル街の輝きに、あなたは思わず感嘆の声をあげるだろう。

精緻《せいち》に構成された幾何学的な超高層ビル群が、天地も左右もなく、幾層にも重なり合い、見たこともない圧倒的な夕景を生み出している。

華やかなショッピングモール。夕方まだ明るいうちに退社した解放感の中で、5番街やシャンゼリゼ、あるいは銀座《ぎんざ》をぶらつく——、そんなような楽しさだ。色とりどりの衣装で着飾ったＡｓたちは、まるでヴェネチアの仮装舞踏会のようで、見ているだけで楽しくなる。

小花のグラフィカルなピースが、回転しながら紙吹雪のように漂っている。そのひとつを手に取って香りを嗅《か》ぐと、華やかで官能的な中に、爽《さわ》やかな若い香りが潜んでいる。この街の景色にぴったりだ。

あなたは、さんざめく大通りを鳥のように遊泳しながら、ふと天を仰ぐ。空であるはずの場所にも、逆さになった超高層ビルが、今にも落ちてきそうなほどにひしめいている。その高層ビル街をくり抜いたように巨大な公園があり、伸び伸びと遊ぶＡｓ

たちを見下ろすことができる。

　ここまで自由な気分にさせる街があるだろうか。

あなたは実感する。間違いなく、ここは世界の中心だ、と。

月が、超高層ビル群の隙間に見える。

アナウンスがこだまする。

《『U』はもうひとつの現実》

《Ａｓはもうひとりのあなた》

《ここにはすべてがあります》

　下に弧を描く三日月は、まるで『U』の形を象《かたど》っているようだ。

《現実はやり直せない。でも『U』ならやり直せる》

《さあ、もうひとりのあなたを生きよう》

《さあ、新しい人生を始めよう》

《さあ、世界を変えよう――》

　不意に、街のざわめきが途切れた。

　歌だ。

　誰かが、歌っている。

どこから聞こえるのか？　大勢のＡｓたちが声の主を探そうと、見回している。あなたも、白く長い耳を澄ます。

その歌は、壮大で、かつ繊細。親密で、かつ力強い。

思わず、引き込まれてしまう。

「あそこだ」

誰かが叫んだ。大勢のＡｓたちの視線の先が、一点に集まってゆく。

クジラ。

さかさまのビル群の間を、無数のスピーカーで着飾った巨大なクジラが、ゆったりと遊泳している。その鼻先に、深紅のドレスを着た、小さな人影が見える。歌は、そこから聞こえてくるようだ。

クジラは身に着けた無数のスピーカーから、爆音を鳴り響かせる。

彼女は、クジラの鼻先に仁王立ちし、伴奏の音圧に負けない圧倒的声量で歌い上げる。

深紅のドレスに見えたそれは、ダリア、ガーベラ、ボタンイチゲ、エキナセアなど、幾種類もの赤が寄り集まってできた花々のドレスである。

非現実的な、桃色の長い髪。

海のように深い、青の瞳《ひとみ》。

文字通り、絶世の美女。

そして頬には、まるで刻印されたような、そばかすがある。

「ベルだ！」「ベル!!」

Ａｓたちは彼女を見上げながら、口々にその名を呼んだ。

彼女の名は、「ベル（Belle）」。

ラララライ
ラララライ
誰も知らない
名も無い今を
駆けてゆくよ
あの三日月へ
手を伸ばして

ラララライ
ラララライ
君を知りたい

声に成らない
臆病《おくびょう》な朝を例え
何度迎えようとも

臍《へそ》の緒がパチンと切られたその瞬間
世界と逸《そ》れてしまったみたいだ

眼に写る景色が
悲しく笑うなら
恐れず瞼《まぶた》を閉じて御覧

さあ！
皆さんこちらへ
どうぞ鼓動の鳴る方へ

さあ！
踵《かかと》を打ち鳴らせ

どうぞ心の踊る方へ
さあ！
蜃気《しんき》楼《ろう》に飛び乗って
さかしまな世界を乗り熟《こな》して

「ベル！」「ベル‼」「ベル‼」

彼女の名を連呼する多種多様なＡｓたちの中に、あなたはいる。知らず知らずのうちにベルの歌を口ずさんでいる。歓声に応《こた》えるように彼女は顔を向けて微笑む。彼女と一瞬、目が合ったように感じて胸がジン、と熱くなる。一度見たら惹《ひ》きつけられて、もう目が離せない。

出会ったばかりなのに、あなたはもう彼女の虜《とりこ》だ。

「ベル！」「ベル‼」「ベル！」「ベル‼」

ベルは、手を胸の前でクロスさせ、一気に広げた。

同時に彼女の体からグラフィカルな花々が、一斉に発散された。花々は、悠々と泳ぐクジラの上から、街にあまねく広がってゆく。

あらゆる人、あらゆる事象、あらゆる生を祝福するかのように、ベルは高らかに歌い上げる。

一体、ベルとは、何者なのか？

鈴

「ぶはあっ！」

薄い布団を撥《は》ね除《の》けて起き上がり、大きく息継ぎをした。

そのせいで低い天井に頭をぶつけそうになった。ここは田舎のみすぼらしい屋根裏部屋で、屋根を支える垂木がベッドのすぐ上に迫っている。

「はあっ、はあっ……はあ……」

朝だ。日の光がまぶしい。

さっきまでの煌《きら》びやかな世界の感触が残っている。その残滓《ざんし》に手を伸ばしたくて、瞼を閉じる。確かに私は、クジラの鼻先に立ち、歌っていた。華やかな衣装を着て、のびのびと、思いのままに、歌っていた。

瞼を開けると、目の前にあるのはシーツの上の、表示の消えたスマホだ。その暗い表面に、日に照らされた自分の姿が映り込む。中学校の頃から着ている色褪《いろあ》せたダサいパジャマ。寝癖のついたボサボサの髪。半開きの目。

そして、頬に散らばった、そばかす。

それは私をとても憂鬱《ゆううつ》にさせる。胸がふさがれそうになって、ため息が漏れる。

「……はあっ」

すると、

「鈴《すず》ー？」

1階《した》から父さんの声がした。「どうしたー？」

焦る。

ひょっとして漏れ聞こえてしまっていたのだろうか？　もちろんここは防音室なんかじゃなく、ただのみじめな17歳の女子の部屋にすぎない。布団の中にくるまるしか、音が外に漏れるのを防ぐ方法はない。いつもより声が大きかっただろうか？　だとしたら……。後悔の冷や汗が背中にじっとりと浮かぶ。

「な、何でもない……!!」

ベッドの上で四つん這《ば》いのまま、慌てて返事する。

不審に思われて2階へ上ってきたらどうしよう？　いや、来ないとは思うけど。でももし——、

「あっ」

ベッドから手が滑り、ドサッ、と顔から無様に落ちた。

制服に着替えて、1階に下りた。

父さんの姿はなかった。仕事へ行く準備をしているのだろう。

縁側の戸を開けてフーガを外に出してあげて、ひんやりした朝の空気を入れた。リビングとダイニングを軽くほうきで掃き、テーブルに出しっぱなしの雑誌を片付けた。お湯を沸かしているあいだ、庭の花を花瓶に挿し、台所の写真立ての横に置いた。マグカップにティーバッグを入れ、お湯を注ぐ。紅茶の香りを含んだ湯気が沸き上がる。写真立ての中で、今日も母さんが微笑んでいる。

庭でじっと待っているフーガに、ごはんをあげた。白に薄い茶色の毛が混じっているせいで、遠目には薄汚れて見え、お風呂《ふろ》に入れてもらえない可哀想な犬に見える。右の前足の先が、怪我で失われている。イノシシ用の罠《わな》にはまって、ちょん切れてしまったのだ。ピンク色の地肌が見えている足を浮かせ、危うくバランスをとりながらごはんを食べている。保護犬としてうちにもらわれてくるまで、やっぱり可哀想な犬だと思われていたのだろうか。縁側に座って紅茶を啜《すす》りながら、フーガをじっと見ていた。

日焼けした肌に紺のTシャツを着た父さんが、仕事道具が入ったリュックを肩に掛け、ガレージに出てきた。

「鈴、送っていこうか？」

フーガを見たままマグカップから口を離さずに、私は答えた。

「……いい」

「夕ごはんは？」

「……いい」

「……そっか。じゃあ、行ってきます」

父さんは、困り顔だったのだろう。見なくてもわかる。四輪駆動の軽自動車のエンジンがかかる。バックしてから切り返し、坂道を下りてゆく。小石をぱちぱち弾《はじ》くタイヤの音が、遠ざかっていく。

目を合わさなくなって、どのくらいになるのだろう。まともに話さなくなって、どのくらい経ったのだろう。一緒にごはんを食べなくなって、いったいどれだけの時間が流れたのだろう。

フォン、と通知音がした。

スマホの画面に、ポコッ、とフキダシが出る。

《ベルは、仮想世界『U』が生み出した、最高の美女》

世界中の言語が、瞬時に翻訳される。

《非常にユニークで稀《まれ》な楽曲》《ベルの歌は自信に満ち溢《あふ》れている》《50億アカウント

の中で一番注目される存在》

フキダシは先を争うように次々と上がり、瞬く間にベルのアイコンの周りを埋め尽くした。

でも、私には喜びも達成感も高揚感もない。ベルがどんなに注目を集めても、なんの関係もない。縁の欠けたマグカップに口をつけたまま、自分の殻に閉じこもる。

あるひとつのコメントを載せたフキダシが、一際大きく膨れ上がっていく。最も注目されるコメントを拡大して表示する、フキダシの機能のひとつだ。

凄《すさ》まじい数のコメントの中で、最も多く注目されたコメントは、

《彼女《ベル》は一体、誰？》

だった。

クンッ、とフーガが顔を上げた。

私の塞《ふさ》ぎ込んだ様子を、気にしているように。

世の中のほとんどの人が知らないと思うけど、四国・高知は、覆いかぶさるように連なる険しい山々と、その谷間《たにあい》を流れる青く輝く美しい清流が育《はぐく》む、豊かな風土が自慢の県だ。一五〇年以上前には、それまで長く続いていた日本の封建社会を劇的に構造改革した人物を幾人も輩出したことがあり、これもまた自慢のひとつだ。日照時間

は全国でトップクラス。お酒の消費量もトップクラス。そのせいか人柄はあっけらかんとして、気さくで明るいと言われる。でもそんな中にだって、暗い子もいれば、いつも下を向いている子だっている。

そのひとりが、私だ。

30軒ほどの家々が山の斜面に連なる集落の片隅に、私の家はある。見下ろした先に仁淀川《によどがわ》という川が流れていて、沈下橋《ちんかばし》で対岸と繋《つな》がっている。沈下橋とは、欄干のない橋のことで、川が増水して橋が沈んでしまっても流されないようにできている。私はこの橋が沈まない限り、毎日渡っている。今日も仁淀川の流れは、静かで、青い。たまに観光客がレンタカーでやって来て、わー綺麗《きれい》、とか、ホントに青いんだねー、とか言って、沈下橋の上で何枚も写真を撮っている。素敵な村だよねー、とポーズを取る。彼女たちはこの地域の真実を知らない。

スクールバッグを脇に挟んで石段を下り、急な坂道をパタパタとローファーを鳴らして歩く。掃き掃除をしている近所のおばあさんが、あら、鈴ちゃんおはよう、とか、いってらっしゃい、とか、かつては声をかけてくれた。でも今はない。多くの家の雨戸は、固く閉じられている。亡くなったり、市内の方に引っ越したりして、徐々に住む人が少なくなっていった。仁淀川の流域には、そんな集落がいくつもある。90年代初めに「限界集落」という言葉を、ある社会学者が生み出したのも、この近くだと言われている。最盛期と比べて、驚くほど人が減った、と大人たちが言うのを、小さな頃から何度も聞かされた。ここは日本中のどこよりも早く、人口減少、少子高齢化社会の最先端を突っ走っている。それは紛れもない事実だ。

　坂道を上り、国道に出たところに、停留所がある。錆《さ》びついた時刻表には、朝と夕方にしか時間が記されていない。乗り過ごしたら、遅刻どころじゃない。

　しばらくして、バスがやって来た。うしろの、いつもの席に座る。車内は、誰も乗っていない。停留所を次々と通過していく。乗ってくる人も誰もいない。揺られながら、運転席のそばの掲示板を、ぼんやりと眺める。

『このバス路線は9月末日に廃線になります。○○交通』

　やがて誰も住まなくなる場所に、私は住んでいる。荒波が迫る切り立った崖《がけ》のすぐそばに立たされている。いよいよこれ以上はない、世界の果てにいるような寄る辺のない気持ちになる。

　バスを降り、ＪＲ伊野《いの》駅の改札を通って、ホームに停車する汽車（高知では列車のことを汽車と呼ぶ。正確には軽油で走るディーゼル車）に乗り換える。がら空きの車内の床に差し込んだ朝の光が、反射して振動している。停車する駅ごとに少しずつ、他校の制服を着た高校生や中学生が乗り込んで来る。街の中心に近づくほどに、床の光はだんだん見えなくなり、２両編成の車両は、お客さんでいっぱいになる。車内アナウンスが、私が降りるべき駅の名前を告げる。

学校への道で、大勢の同じ制服と合流する。一緒になって緩やかな坂道を上る。私はその中のひとりだ。そのことは私に、とても安心を与えてくれる。

夏の日差しが、眩《まぶ》しい。

去年の秋。

中庭のシンボルツリーの前で、吹奏楽部が演奏していた。それをたくさんの生徒たちが取り囲んで聴いている。

吹奏楽部の発表はいつも人気だ。ただ演奏するだけではない。奏者全員が、演奏に合わせてステップを踏む。躍動感溢れる楽しげな踊りだ。どの楽器もステップをピタリピタリと合わせていて、それでいて演奏がよれたりぶれたりすることがない。

私とヒロちゃん——別役《べつやく》弘香《ひろか》と書く——も、体育館2階のベランダから聴いていた。

1曲目が終わり2曲目が始まると、すらりとした長身の美少女が、アルトサックスを手に前に出てきた。彼女は、キビキビと左右に魅力的なステップを踏みながら、ゆるいウエーブのかかった長い髪を揺らし、少しも乱れずにソロを演奏する。

「……かわいい」

思わず声に出して言ってしまう。ルカちゃん——渡辺《わたなべ》瑠《る》果《か》と書く——の生き生きとした美しさに、ため息が出るほど見惚《みと》れてしまうのだ。

同じベランダで見ていた他の女子たちの話し声が聞こえてくる。

「ルカちゃんってさ、うちらの学校の姫だよね」

「足細いし、長いし」

「制服着ててもモデルさんみたい」

「ね～～～」

と、声を合わせて頷《うなず》き合っている。

ヒロちゃんは、横の私にしか聞こえない声で、

「細くも長くもない子からの妬《ねた》みがすごそう……」

と、本のページをめくる。

女子たちの声が、続けて聞こえる。

「ルカちゃんってさ、自然とみんなのまとめ役になってるよね」

「おひさまみたいにみんな集まってくるからだよきっと」

ヒロちゃんは銀縁メガネの奥で眉《まゆ》を顰《ひそ》めた。

「そういうのうっざ。その点、鈴は、月の裏側みたいだから誰も寄ってこなくて楽だね」

「ごはっ」

突然流れ弾をくらった私は、愕然《がくぜん》とした己の顔を横に向けた。

「ひ、ヒロちゃん」

「毒舌、私にはもう少し、マイルドにならないかな……」

「ん？」

「毒舌？　誰が？」

そのとき、演奏を遮るほどの大声が、中庭に響いた。

「カヌー部に入りませんかぁー？」

みんなが振り返る。

「カミシンだ！」「カミシンが来た！」

カミシン——千《ち》頭《かみ》慎次《しんじ》郎《ろう》と書く——は、手にカヌーのパドル、背中に「ＣＡＮＯＥ《カヌー》」と書かれたのぼりを立て、手当たり次第にアピールしてゆく。まるで敵陣地に乗り込んだ足軽みたいに。

「あ、先輩。カヌー部どうっすか？」

「わあっ！　やめろカミシン！」「入んねえよ、そんなの」

ゲラゲラ笑いながら逃げる男子の先輩たちを追いかけたかと思うと、くるっと振り返り、今度は女子の集団に向かってゆく。

「ねえねえ、カヌーやらない？」

「きゃ〜〜!!」

女子たちは、本気の悲鳴を上げて逃げてゆく。

「あ、ねえ君、カヌーやろう！」

「ヤバイ、逃げて〜〜」

本人は真剣なのだが、周囲の反応がカミシンをまるで変人のように見せている。美女たちの中に飛び込んで暴れまわる野獣のようだ。

「ねえカヌー……」

「キャ〜〜」

女子たちが逃げていくのを見ながら、私は、カミシンの一生懸命さを弁護したいような気持ちになる。

「カミシン、ひとりでカヌー部立ち上げてすごいよね」

「でもあいつひとりだけじゃん」

「なんでだろ？」

「なんでって――」

ヒロちゃんは、演奏しながらも喧騒《けんそう》が気になる様子のルカちゃんに、目を向けた。

ルカちゃんは身を硬くし、まるで視界に入れたくないようにカミシンに背を向けた。

その仕草を、ヒロちゃんは見逃さない。

パタンと本を閉じ、厳しい目をルカちゃんに向けた。

「──マイルドに言って、見下されてんのよ」

私たちは体育館を離れ、校内をぶらぶら歩いた。

コーラス部、生物部、軽音楽部、ダンス部。さまざまな部活がそれぞれに活動をアピールしていた。

ガラス張りの渡り廊下を渡っていると、どこからか女子たちの歓声と拍手が聞こえた。

屋外バスケコートで、1ON1《ワンオンワン》が行われていた。男子バスケ部の勧誘パフォーマンスだ。次のゲームのために、コートにボールが投げ入れられる。それを無駄のない手つきでキャッチする、パーカー姿の男子が見える。

「あ……」

しのぶくんだ。

ゲームがスタートする。

しのぶくん──久武忍《ひさたけしのぶ》と書く──は、ダムッ、ダムッ、とゆっくりとドリブルし、様子を窺《うかが》っている。

相手──先輩──は、腰を低く落としながらも、ジャンプシュートを警戒して牽制《けんせい》の右手を上げている。しのぶくんは一旦《いったん》、低いドリブルで抜こうとするけど、相手のガードが堅く、引き下がる。

と思ったら、突然短いモーションからジャンプシュートを撃つ。

速い。

先輩は慌てて指をいっぱいに広げた手を伸ばしたけれど、間一髪、届かない。さっきのはフェイントだ。ボールはきれいな弧を描き、パスッ、とゴールネットを通過した。

3階の廊下にずらり並ぶ女子たちから、熱烈な拍手が沸き起こった。でもしのぶくんは、微笑すら浮かべない。そのクールさが、学校中の女子たちから注目されている。

拍手が鳴り止まないうちに、コートは既に次のゲームに移っていた。ダムッ、ダムッ、と、しのぶくんは、タイミングを計る間から、ディフェンスを押しのけるように低くドリブルしてゆく。力でも負けない、とでも言うように。強引に切り込んであっという間に先輩を抜くと、確実にレイアップで置きに行く。ボールがゴールネットをすり抜ける気持ちの良い音がする。

再び女子たちの拍手が、校舎の壁に反響した。

私はヒロちゃんに、ひとりごとみたいに言った。

「……しのぶくん、あんなに背が高くなるとは思わなかったな」

「幼馴染《おさななじみ》だっけ？」

「オホン。実は私、しのぶくんにプロポーズされたこともあるんだから」

「マジで？　なんて？」

「『鈴、僕が守ってあげる』」

「それいつ？」

「6歳」

「……そんな大昔の話されても」

　呆《あき》れたように、ヒロちゃんはため息をついた。

　またゴールが決まった。

　拍手の中、ゲームを終えたしのぶくんは微笑すら浮かべずに、先輩と並んでコートの外へ出てゆく。

　幼馴染のしのぶくん。

　私の手の届くところには、もういない。

　学校から帰ってきて、沈下橋をトボトボと渡った。

　しのぶくんとは、幼稚園から小学校低学年まで一緒だった。その後しのぶくんは街の方に引っ越してしまい、離れ離れになった。高校で、再び同級生になった。だが昔のようには、いかない。

あの頃は、今のようないつも下を向いている子になるとは、思っていなかった。こうなってしまったのには、理由がある。

仁淀川の静かな流れを見た。

そう。その、大昔の話だ。

白い鳥が、水面を低く通過した。

記憶

「母さん」

「なあに鈴」

私が呼んだら、母さんは振り向いて、返事をしてくれた。

十一年前。家はまだ新しかった。ガレージはまだなく、庭のあちこちに、鉢植えの花が並べられていた。

「髪切らない」

私はそう伝えて、家の前の坂道を走り下りた。母さんは反対の階段を下って回り込み、腰に手を当てて待ち構えていた。私は、絶対に切らないからね、と、ぴょんぴょん跳ねながら反対方向へ逃げた。でもあっけなく連れ戻された。庭のベンチに座らされ、散髪用のケープを着せられた。「可愛くなるよ、鈴」嫌だ。髪を切った後は毛先がチクチクして嫌なのだ。足をぶらぶら揺らして唇を尖《とが》らせた。だが母さんはお構いなしにハサミを構えると、私の髪を一気にザクザクと切っていった。「これから小学生になるんだから」両脇の髪は肩につかないように。前髪は眉《まゆ》のずっと上になった。学校に通い出しても、しばらくは首元がチクチクしていた。

　母さんと、たくさん遊んだ。

　夕方の河川敷の芝生で、お相撲を取った。私が力任せに押し、母さんは芝生に転がった。勝った、と私は嬉《うれ》しくて笑った。母さんも笑った。どうして？　と私は聞いた。私が負けると泣いちゃうから？　ううん。母さんは首を振った。ひ弱だった鈴が強くなったことが嬉しいの。その様子を父さんは、芝生に寝転がりながら、笑って見ていた。

　母さんはよく塩たたきを作った。軽く塩を振って金串《かなぐし》に刺したカツオの身を、コンロの直火で皮目から炙《あぶ》る。私は椅子の上からじっと見ていた。脂が垂れてくるので、クッキングペーパーに吸い取らせながら焼くとレンジが汚れない。焼き目がついたら、氷水に潜《くぐ》らせて冷やし、それから水気を取る。太め、というより分厚く切るのが、母さん流だった。だから子供の私は、分厚い塩たたきの一切れを箸《はし》で持てずに苦労したし、口の中に収めるのも四苦八苦した。母さんはマグカップを手に、私の悪戦苦闘を眺めながら、父さんの帰りを待っていた。父さんはあの頃サラリーマンで、ネクタイを締めて毎日街に出かけていた。

　そのせいか、今よりは昔の方が、家には多少のお金があったのかもしれない。当時最新式のスマートフォンを母さんは買った。搭載されたカメラの性能を試してみようということになり、父さんの膝《ひざ》の上で、私は、母さんにスマートフォンを向けた。母さんをフレームに収めるのを父さんに助けてもらい、シャッターを押した。白い服を着て微笑む母さんは、美しかった。その写真は紙にプリントして、今も家にある。

　私は今と違って、そこらじゅうを走り回っているような快活な子だった。家の中より断然外で遊ぶのが好きだった。木があれば登り、葉っぱがあればちぎり、虫がいれば追いかけた。しかし陽には焼けなかった。そういう体質だったのだろう。かわりに、顔はそばかすだらけになった。膝も傷だらけになった。林の中で、河川敷で、家の前の坂道で、よく躓《つまず》いて転んだ。母さんは慌てて駆け寄って、痛くて泣く私を、ぎゅうっと抱っこしてくれた。痛いのは不思議とどこかへ行ってしまった。それはそれは幸せな時。私は活発に走り回ったせいで、そして母さんに抱っこしてもらいたかったせいで、何度転んだかわからない。その度に母さんは、まるで自分の娘の一大事であるかのように駆けつけて、心配してくれたのだった。

　毎日が夏休みのようだった。お洗濯やお掃除をする母さんにまとわりついては遊んだ。お昼ごはんのあとは、座敷の戸を開け放ち、畳に夏布団を敷いて、一緒にお昼寝した。蚊取り線香の煙が緩やかに立ち上っていた。目を覚ますと、大概、横で寝ていたはずの母さんの姿はなく、忙《せわ》しげに家事をこなしていた。思い返せば、今忙しいから、と言われたことは一度もない。求めればどんな時にでも私の相手をしてくれていた。

家が山奥だったので、どこかへ食べに行くということはまずなく、そのかわり母さんはどんな料理でも作ってくれた。ある日、絵本で見た焼き鳥が食べたいと言った。それまで食べたことがなかった。母さんは、一つ一つ鶏肉《とりにく》を串に刺して、焼き鳥を作ってくれた。私は生まれて初めて、焼き鳥というものを肉眼で見た。食べ方が分からず、肉を噛《か》みながら串から外す、というのがうまくできなかった。その姿を父さんと母さんはじっと見ていた。娘が人生で初めて体験する事柄を、決して見逃すまいというように。

山奥に住む私たちが遊びに出かける場所といえば、遊園地やショッピングモールではなく、家からさらに山奥にあるキャンプ場だった。晴れた夏の日、母さんと私はつば広の帽子をかぶって沈下橋を渡った。父さんは、キャンプ道具をいっぱい担いでいた。

安居《やすい》渓谷の奥にある水晶淵《すいしょうぶち》は、地元に住む私たちですら息を呑《の》むような、驚きの青さだった。あまりに水が透明なため、川底に落ちる自分の影がくっきりと見える。まるで宙に浮いているような感覚に、少し怖くなる。母さんは水泳の上級者だった。かつて地元の子供だった母さんは、夏はカッパのように毎日泳いだものよ、と自慢した。

川の楽しみを知り尽くしていた。同時に、危険な日に危険な場所で泳ぐなど決してしないし、させなかった。母さんは、浮かぶ私を回り込むと、見せつけるように水中に潜った。浮き輪に掴《つか》まったままの私は不安になって母さんを呼んだ。母さん、行かないで、と。でも母さんは、私の声が聞こえなかったように、青い水中を泳いで行ってしまった。

ある日の夕方、母さんのスマホをいじっていて、奇妙なアプリを見つけた。そのアプリを起動させると、白と黒の横縞《よこじま》が並んでいる。これなに？　と指差して横にいた父さんに聞いた。父さんは覗《のぞ》き込んで首を捻《ひね》ると、夕食の支度をしていた母さんを呼んだ。

夕食後、私が縦に持っていたスマートフォンを、母さんの手が横に直した。横にしてそれがピアノの鍵盤《けんばん》なのだと分かった。促されるまま、私は鍵盤のひとつを押した。「ド」の音が出た。私は、出た、と母さんの顔を見た。母さんも、出た、と私の顔を見た。それは母さんが自分で使う用の音楽制作アプリだった。

そこで初めて私は、母さんの部屋を見回して気がついた。棚にぎっしり並んでいるものが、古いレコードやカセットテープやＣＤだということに。そしてそれらをレコードプレイヤーやカセットデッキにセットし、アンプを通すと、左右のスピーカーから音楽が鳴るということも。コレクションは、クラシックとジャズとロックの歴史の要点を的確に押さえた見事なものだった。そんなラインナップが、世界の果てにある家の一室に詰め込まれていたことの価値や意味を、当時の私は全くわかっていない。

その部屋で、アプリの鍵盤を次々と押しては、記録した。再生すると、それぞれの音が並べた順番通りに鳴る。めちゃくちゃな音階を入力しても、律儀に再生してくれる。それがたまらなく嬉しくて、椅子の上でピョンピョン跳ねた。母さんも笑っていた。暖かい白熱灯の光が、私たちを照らしていた。

それ以来私は、このアプリに夢中になってしまった。母さんにスマホを貸してもらい、昼も夜も朝もいじっていた。操作は直感的で使いやすかった。決して子供用のアプリではなかったため、読めない言葉や、分からない機能などがたくさんあった。でもそんなことはお構いなしにのめり込んだ。曲を作るという、刺激的で新しい体験にどっぷりとハマっていった。何曲も作曲して、母さんの前でプレビューした。聴き終えた母さんは、その都度、短い言葉でアドバイスをくれた。○○すればもっと良くなる、とか、○○するのがコツだよ、とか。時にはコレクションの中のレコードをいくつか取り出し、参考に聴かせてくれたりもした。母さんは音楽家でも作曲家でもないのに、アドバイスのひとつひとつは、今思い返しても的確だと思う。こういったやりとりを何度もするうち、ある時、私の組み立てたメロディを聴くなり、あ、と母さんが何かに気づいたように言って、自分でも小さく歌いながら確かめだした。私が、どう？　と聞くと、母さんは、悪くない、と言った。母さんが言うには、私が打ち込んでいるのをヒヤヒヤして見ていたそうだ。普通は置かないような場所に音を置いている。きっとこの曲は残念ながら失敗で、今までの作業がすべて台無しになる、と。しかしだんだん形になってくると、不思議と自然ないい感じにまとまっているように思える、と言った。私は、転げ回りたいほどの幸福を感じた。きっと親の贔屓《ひいき》目《め》だと思うけど、と母さんが付け加えたとしても、幸福だった。私としては、別に誰か第三者に聴かせようと思って作っているわけではない。母さんにだけ聴いてもらえればそれでよかったのだ。母さんが、私の打ち込んだ曲に合わせて歌う。右手でテンポをとり、優しく歌う。友達同士で作る合唱団のメンバーでもあった母さんの声は、伸びやかに響き透明感があり、私のヘンテコな曲を何倍も素敵に聴かせてくれた。私は嬉《うれ》しくなって、それに合わせて歌った。どうやっても母さんのように素敵には歌えなかったけれど。

私と母さんにまつわる幸福な思い出は、唐突にここで終わる。

そして、あの8月が来た。

このあとは、辛《つら》く苦しい記憶ばかりだ。

泣き叫ぶ小さな女の子の声が、河原に響き渡った。

女の子が、ひとり中洲《なかす》に取り残されていた。

4歳か、5歳だろうか。私よりも、小さい子に見えた。

ついさっきまであんなに晴れていたのに、気がつくと青空はなく、どんよりした雲が覆っていた。美しく穏やかだった川は、ちょっと目を離した隙に、濁り、増水し、流木を孕《はら》み、驚くほど流れを速くしていた。上流で激しい雨が降っているのだろうと想像できる。


こんなふうになる前の、まだ流れが透明だったとき、対岸で楽しげに騒いでいた人たちがいた。その人たちが、今はこちらの岸で呆然《ぼうぜん》と女の子を見ている。地元でなく、都会から来たであろうことがすぐに分かるほどの、カラフルなアウトドア用の服を着ていた。女の子の服も、見たこともないような鮮やかな色だった。都会から来た人たちは、どうして女の子の派手な色の服を見落としてしまったのだろう。どうして彼女の存在を忘れて、こちらの岸に戻ってきてしまったのだろう。

河原で川遊びを楽しんでいた、それぞれの友人たち、それぞれの家族たち、それぞれの釣りやカヌーを楽しんでいた人たちは、どうすることもできない様子で、ただ棒のように立って見ているしかなかった。立っているのも無理はない。そう思わせるほど、川の激しい流れが、女の子と人々を分け隔てていた。ちょっとやそっとでは助けられない、と誰もが気がついていた。大人のひとりが、携帯電話でどこかと通話していた。だが、女の子のいる中洲が少しずつ狭まっていることが、誰の目にも見て取れる。救助隊の到着が間に合うとはとても思えないと、誰もが気づいている。だから、何もできずに突っ立っているしかないのだ。

ただこのまま、女の子の泣き声を聞いているしかないのか？

その時、誰かが、カヌーの脇にある赤いライフジャケットを拾った。女の子を見つめながらそれを着つつ前に出た。

母さんだった。

かあさん、と私は慌てて母さんの服の裾《すそ》にすがりついた。母さんが今からしようとしていることが、あまりにも危険であることに勘づいた。不安でしょうがなかった。叫びながら懸命に引っ張り、行かせまいとした。母さんは、しゃがんで私の手をぎゅっと握り、何事かを私に言い聞かせた。そのとき母さんがなんと言ったのか思い出せない。私自身がわめいていて、言葉を聞ける状態になかったのかもしれない。

母さんは私が追い縋《すが》るのを振り切るように立ち上がり、ライフジャケットのバックルをロックしつつ走って行った。私は、追い掛けようとして河原の石に足を取られて倒れた。それでも身を起こし、母さんの背に叫んだ。

行かないで、と。

母さんは、私の言葉を聞いていなかった、と思う。女の子の居場所を確認しつつ、川上に回り込んでから水に入り、流れに乗って助けに向かった。

小雨が降り始めた。

それからどれくらい経っただろう。にわかに周囲が騒がしくなった。女の子が川から助け出されたのだ。ずぶ濡《ぬ》れでぐったりした女の子を、大人たちが川から引き上げている。私は、雨に濡れながら、それをじっと見ていた。駆け寄る人たち。喜びの声や泣き崩れる声が入り混じる。大丈夫？　目を開けて。よかった。助かってよかった……。

その女の子は、母さんが身に着けていたのと同じ、赤いライフジャケットを着せられていた。

その瞬間、私は、何が起こっているのかを、いっぺんに理解した。

母さんが、いない。

「かあさん……。かあさん……！」

どこ？　と捜すように左右を見た。

どこにもいない。

「かあさん……！」

遠くで、救急車のサイレンの音がした。女の子は毛布に包《くる》まれ、たくさんの大人たちに担がれて、河原を後にしていく。

みんなそのことに夢中で、私の母さんがいないことに、気づいてくれていない。

「かあさんっ!!」

私だけが声を張り上げて、呼び続けた。

何度も。何度も。何度も——。

その後のことは、よく覚えていない。

ずっと川下の方で、母さんが見つかったと聞いても、嘘にしか思えなかった。母さんの使っていたマグカップの縁が、いつの間にか欠けているのに気づいたのも、ずっと後になってからだった。

父さんは、いつか撮った母さんの写真を、写真立てに入れて台所の片隅に置いた。

その横に、毎日花を添えることを欠かさなかった。

近所の人たちは、道で出会うたびにわざわざ声をかけてくれたり、親身になって話を聞いてくれたり、涙ながらに励ましてくれたりした。

一方、インターネットには、この事故に関する匿名の書き込みが溢《あふ》れていた。

《雨で増水した川に飛び込むなんて自殺行為だよ》

《泳ぎに自信があったらしいが、プールとは違うんだよ》

《他人の子供を助けて死ぬなんて、自分の子供に無責任だ》
《事故があると、川遊びが辛気臭くなって迷惑だな》
《人助けなんて善人ぶるから、こうなるんだ》

書き込んだ人は、実際の事情など何も知らないのだろうし、書き込んだ翌日には、おそらく書いたことすら忘れているのだろう。だが書かれた方は、胸にいつまでも刺さり続ける。事故直後、顔見知りの人が、これ見て、ひどいんだ、と憤りと共に教えてくれた。私はこれらの言葉を前にして、幼すぎて意味を全部理解できなかった。だが成長し、言葉の意味を正確に理解できるようになるにつれ、そこに込められた無意識の悪意に苦しみ続けることになった。母さんを失ったことすら未《いま》だ受け止められないのに、まるで助けた母さんが全部悪いとでも言いたげなこれら書き込みを、遺族としてどのように受け流せばいいというのだろうか？

そんな私をよそに、台所の写真立ての中で、母さんは微笑むだけだった。

その事故から、以前の私とは決定的に何かが変わってしまったように思う。

ある日の夕方、埃《ほこり》の積もりはじめた母さんの部屋で、楽しかった思い出に立ち返りたくて、椅子の上に立った。そして母さんと一緒に歌った曲を歌った。

だが、歌いはじめて、全く歌えなくなってしまっていることに気づいた。声が喉《のど》の奥で引っ掛かったようになり、口の外に出てくれない。混乱した。心の中の何かが歌うことを抑圧していた。あれ？　なんで歌えないんだろう？　涙が出てきた。

「母さん」

つぶやいた。

ねえ母さん。私、なんで歌えなくなってしまったんだろう？

あれほど歌うことが楽しく、必要に思えたのは、母さんが聴いていてくれていたからだということは、明らかだった。

だが、歌えないからと言って、客観的には、だからなんなのだ、ということになる。

何も困らないじゃないか。歌えないとしても、誰も何も咎《とが》めない。ただ人生は続いてゆくだけだ。

地元の中学校に進学した。ジャンパースカートの制服が、息苦しかった。

小学校の同級生は、進学とともに街へ行く子が多く、地元に残る生徒は半分もいなかったので、中学でも複式学級になった。

ゆえに合唱の練習などは、教頭先生の伴奏で、全学年で歌うこととなった。全学年といっても13人だった。13人しかいないせいで、私は歌わずに、口パクだけしていることがすぐにバレた。なぜ歌わないのか、事情を聞かれたが、何も言わなかった。怒られるかと思ったら怒られなかった。次の練習から私だけ見学してよし、ということになり、音楽教室の片隅でひとり座りみんなが練習するのを眺めていた。黙っているだけの、無気力な少女に見えていたかもしれない。

でもその内部では、言葉にならない訳のわからないものが、たくさん渦巻いていたのだと思う。下校し帰宅するとたまらず母さんの部屋に入った。黄昏《たそがれ》の光が窓から眩《まぶ》しく差し込んでいた。使わなくなった食器や季節の家電なんかを収めた段ボールが、テーブルの上に積み上げられている。すっかり物置と化していた。あれから何年も経った。経ってしまった。

私はそこにある大量のレコードを、棚の端から一枚ずつ出して順番に聴いた。何日も、何日も、何日も。ひたすら聴くことによって、荒ぶる気持ちをなんとか鎮めていた。

だがある日、もう耐えきれないと思う瞬間があった。帰ってくるなり母さんの部屋に入ってキーボードの前に座り、レポート用紙を素早く開くと、胸の中の訳のわからないものを吐き出すために、ペンで猛然と書き始めた。吐き出さないと窒息しそうだった。紙をめくって一心不乱にどこまでも書き続けた。

——母さんは、なぜ私を置いて川に入ったのか？　なぜ私と生きるよりも、名前も知らないその子を助けることを選んだのか？　なぜ私は、ひとりぼっちなのか。なぜ、なぜ、なぜ——。

紙を継ぎ足し、ポスト・イットで補足し、長い長い歌詞を書いた。湧き上がる音階を長く長く記譜した。どちらでもないものは、絵として吐き出した。何種類もの渦巻きだった。川面《かわも》に浮かぶ渦のようでもあり、全てを呑《の》み込むブラックホールのようでもあり、頭のてっぺんに空いた穴のようでもあった。部屋の床は、歌詞と絵と楽譜が入り交じった紙片で埋めつくされた。

　が、不意に、

「…………!!」

我に返って、筆が止まった。たった今、書き連ねた言葉や絵や音階の無価値さ、無意味さ、醜さ、どうしようもなさに、気づいてしまった。

　何をやっているのか？　心底、辟易《へきえき》した。

紙をビリビリに破った。いままで書いたものの全てを、古いスチール製のゴミ箱に躊躇《ちゅうちょ》なく捨てた。その紙の束は、今吐いたばかりのゲロに見えた。

　高校生になった。

私は、私自身がいよいよ無価値に思えた。制服のネクタイがいよいよ息苦しかった。

沈下橋をうつむきながら渡り、登校した。

市内の中心にある中高一貫校に、試験を受けて合格し、高校から編入した。そこで、幼馴染《おさななじみ》のしのぶくんと再会した。

「鈴」

「しのぶくん……」

小学生の頃と高校生になった今では、しのぶくんは何もかも違って、背が高く、輝いて見えた。一方、私はといえば、あの頃から全く成長していないように思えて、たまらなく気恥ずかしく、ろくに話もできなかった。私は今まで何をやっていたのか？

山奥から街に通う新しい生活が始まったのに、勉強に身が入らなかった。せっかく苦労して試験を受けて入ったのに、授業中、つい虚《うつ》ろに窓の外を見てしまう。これではいけない、とわかりつつ。

部活はどこにも入らなかった。そんな学生は極めて少数だった。

帰り際、部活に打ち込む生徒たちの姿が見える。陸上部が、中庭で列をなしてトレーニングハードルを跳んでいる。バレー部がグラウンドをランニングしている。耳にメトロノームを着けた吹奏楽部の打楽器担当が、廊下でスティックを打ち鳴らしている。なぎなた部は格技場で姿勢良く正座し、よろしくおねがいいたします、と練習前の挨拶《あいさつ》をしている。まだ背番号をつけていない野球部の一年生は整列して立ち、先輩たちの練習を食い入るように見ている。

どこにも属していない私は、早足で学校を出た。

既に冬になっていた。

市内の中心を東西に流れる、鏡川《かがみがわ》という川がある。緩やかな流れのことが多いので、対岸のテレビ塔やビルを鏡のように映している。その脇の道を通って駅への道を帰っていると、

「キャハハハハ……」

楽器ケースを背負った軽音楽部の女子たちが、笑いながら軽やかな足取りで追い越していった。スクールバッグに付けた、猫型のかわいいぬいぐるみが揺れている。私のスクールバッグに付いているのは、「ぐっとこらえ丸」の安っぽいプラスチック製プレートだった。「ぐっとこらえ丸」とは、壁に手を突いて辛《つら》いことに堪える、たまご型のキャラクターだ。堪えすぎたのか、頭にヒビが入っている。もちろん、かわいくはない。

暗く狭い廊下で、

「私、ダメ！　ちょっと！」

と私は抵抗したのだが、

「いいじゃん」

と、部屋に引っ張り込まれてしまった。背後で防音ドアが、バタンと閉まった。

「あっ！」

そこはカラオケボックスの派手な室内で、ピンクとパープルの照明が妖しく回転していた。お香の香りがする。クラスの女子たちだけの親睦《しんぼく》会だと聞いていたが、ソファの上に立ちゆらゆら首を振る女子たちの狂乱の姿を見せられると、このテンションの中にはとても入っていけない、と思わされた。

「ペギースーかわいい」

「これ『U』で流行《はや》ってるやつだよねー」

壁のモニタ画面には、『U』の人気Ａｓ《アズ》、ペギースーが、黒のラバードレスを着て歌う姿が映っていた。銀色の髪を揺らす、紫の口紅と赤い瞳《ひとみ》の、エキセントリックな美女。

ペギースー？　『U』？　Ａｓ？　流行ってる？　何ひとつ知らない。まるで自分とは別世界の出来事のようだ。すると、

「はい」

と、唐突にマイクが差し出された。歌って、というように。

「え？」

戸惑った。コートもマフラーも脱いでない。なのに、

「はい」

またマイクが向けられた。私みたいなクラスの端にいるような子に、どうして？

「みんなで歌お？」

「ねえ歌って」

女子たちの影が、何本もマイクを押し付けてくる。どういうこと？

「ひとりだけ歌わないつもり？」

「歌えないって、ウソだよね？」

そういうことか。

何十本ものマイクが次々と、私の顔に無理やり押し当てられる。

「ううう、うううう」

痛い、止めて、と言いたかったが、言葉にならない。

「歌って」

「ねえ歌お？」

「歌えよ」

それらの声が、恫喝《どうかつ》のような響きを帯びてくる。

「歌えって言ってんだろ」

「歌え！」

「歌えっ!!」

わあああっ！

たまらず声を上げた。

とたん、マイクが弾《はじ》け飛び、床にバラバラと落ちた。

ソファの上で踊っていた女子たちが、ハッとしてこちらを見た。面食らったように静まりかえっている。

「どうしたの？　鈴ちゃん」

マイクも、女子たちの影も、幻のように消え失《う》せていた。

「な、なんでもない。ごめん。ちょっと……」

言い終わらないままに、カラオケボックスの扉を力任せに押し開け、這《は》うように外に出た。

歌えない、ということを、誰かが聞きつけてみんなに言ったのかもしれない。

バスを降りると、粉雪が舞っていた。

停留所からの坂を下ると滑りそうになった。高知でも、市内はともかく山奥では、普通に雪が降る。

沈下橋を渡ると、パキッ、と薄い氷が割れる音がした。コンクリートの橋の表面が凍っている。

寒い。

みんなと馴染めるほど器用じゃないし割り切れもしない。かといって、ひとりぼっちでいられるほど強くもなく、覚悟もなく、達観もない。

私、勝手なことなんてしないよ。歌えないって噂、そんなの嘘だよ。昔から少し、自分に自信がないだけ。みんなと仲良くしたいもん。ほんとだよ。わかっているよ。もちろん、わかっている。だから……。

「あ……あ……」

橋の真ん中で、衝動的に、声を吐き出した。

「あああ……あ……ああああ」

息を吸い込むと、冷たい空気が喉《のど》にしみた。それでも私は、川に向かって歌った。

「あ…………あ……ぁあああああ……あ…………」

歌った?

歌になんかなっていなかった。ただのうなりだ。カバンが肩から滑り落ちた。歌えば、許してくれるのだろうか。歌えば、みんなと仲良くできるのだろうか。こんなところでひとり歌ってもどうにもならない。押し潰《つぶ》される前の、断末魔の叫びみたいだ。

それでも、母さんと一緒に歌ったあの曲を、声を絞り上げて歌った。あの頃は、幸せだった。今は違う。川の流れに粉雪が渦巻いていた。不意に、目の前が真っ暗になった。

胃の奥から吐き気が込み上げ、咄嗟《とっさ》に両手で口を押さえた。

「うううぅぅ……!!」

膝《ひざ》をついてうずくまった。が、逆流した胃液の勢いに堪《こら》え切れなかった。橋の下の清流に向けて、体を前に出して、嘔吐《おうと》した。

吐《と》瀉《しゃ》物がポタポタと水面に落下して、いくつもの波紋を作った。

胃の中のものを全て吐き切ると、そのまま橋の上に倒れた。

髪は乱れ、口は胃液にまみれて臭い。もう、辛《つら》い。何もかも、なしにしてしまいたい。震えながら、唸《うな》るように泣いた。涙の雫《しずく》が、冷えた頬に滲《し》みて、ヒリヒリと痛かった。私なんかいなくなればいい。粉雪が折り重なり積もるわずかな音が、すぐそばで聞こえた。そこに、

ブーン。

カバンから滑り落ちたスマホに、通知が来た。ヒロちゃんからのメッセージだった。

《これ見て鈴。すごすぎてマジで笑うから》

どこかへのリンクが貼られている。

『U』

家に戻って、MacBookを開いた。

寒さに震えながら、ヒロちゃんから送られたリンクをクリックした。

ブウウウン……、という波動のような音と共に、真っ暗な画面に、『U』の文字がゆっくりと浮かび上がる。

「……『U』？」

吐瀉物にまみれたボロボロの私の顔が、モニタの光に照らされた。

インビテーションページが立ち上がり、メッセージが表示される。

『U』はもうひとつの現実
「As」はもうひとりのあなた
現実はやり直せない
でも『U』ならやり直せる

さあ、もうひとりのあなたを生きよう
さあ、新しい人生を始めよう
さあ、世界を変えよう——

「…………!!」

私は、寒さも忘れ、見入っていた。

横に置いたスマホが連動して、自動的にアプリが起動した。

MacBookのモニタに、登録画面が現れた。「NAME」とある。

「名前……」

躊躇《ちゅうちょ》した。抵抗感があった。が、気持ちとは裏腹に、キーボードに手が伸びる。

「S」「u」「z」……。

たどたどしく打ち込む。

「u」。

その瞬間、強い不安が沸き起こった。私は衝動的にデリートキーを連打して消去し、開いたドアを閉めるようにMacBookを閉じた。

「…………」

身を丸め、震えながらため息をついた。

「わたし、ルカちゃんのとなり」

中庭のベンチに、ルカちゃんを見つけた。

女子たちが身を寄せ合って、ルカちゃんを囲んでいる。もうすぐ一年生も終わりだから、仲良しみんなで写真を撮ろうということのようだった。

「渡辺さんの横座ろー」

「えーずるいー」

「ルカちゃんのそばがいいー」

ピロティの柱の陰から私は、輝くルカちゃんの姿を憧《あこが》れるように見た。ルカちゃんと一緒に写真に写ることのできる彼女たちが、羨《うらや》ましかった。

「渡辺さんこっち向いて。撮るよ」

と、カメラ役の女子が促して、ルカちゃんは前を見た。それから、ふと気づいたようにこちらに向かって大きく手を振った。

「あ。鈴ちゃーん！」

「え？」

ぎょっとなる私に、ルカちゃんは手招きした。

「鈴ちゃんも入って！」

女子たちが一斉に、私を見た。なぜ？　と顔に書いてある。私は慌てて柱に隠れ、それから少しだけ顔を出して、手のひらを向けた。

「い、いいよ、私」

　でもルカちゃんは構わず、手招きを続けた。

「早く早く！」

　あとで、画像が送られてきた。

　ルカちゃんを中心に、かわいくＶサインする女子たちの集合写真。

　そこに交じって、そばかすだらけの私の顔がある。ルカちゃんのすぐうしろの位置。背後霊のように、気まずくＶサインしている。

　再度、『Ｕ』に登録しようとした時、顔写真を求められた。自分の顔写真なんて持っていない。カメラをわざわざ自分に向けることもない。

　なので、この時の画像を、登録用に使った。

　顔認識マーカーが全員に表示される。どれがあなたですか、とある。カーソルを動かして、ルカちゃんの背後のそばかす顔を、選択した。

《新規Ａｓを、Ａ・Ｉが自動生成しています……》

　と文字が出る。併せて、《Ａｓとは》、と、注釈がある。《『Ｕ』におけるアバターの

呼称であり、もうひとりのあなたです》

もうひとりの、あなた。

まもなく、レンダリングされたＡｓが表示された。

「あれ……？」

そこには、私なんかとは遠くかけ離れた、恐ろしいほどに美人のＡｓがいた。私じゃなく、むしろルカちゃんにそっくりと言っていい。

「ルカちゃん？　なんで……」

Ａ・Ｉは、私の画像のすぐそばに写っていたルカちゃんと混同したのだろうか？　だとしたら、なんてそそっかしい人工知能だろう。間違いは正さねばならない。すぐに戻るボタンを連打した。

「違う。戻る戻る。キャンセル……」

が、不意にボタンを押す手が止まった。

Ａｓの両頬に、赤い斑点《はんてん》のような模様が、はっきりと描画された。

「そばかす……」

思わず自分の頬に手をあてた。私のそばかすなのではないのか？

「ひょっとして、私……？」

登録画面の「ＮＡＭＥ」の欄に、ゆっくり一文字ずつ、打ち込んだ。今度は「Ｓｕ

ｚｕ」ではない。

「Ｂ」「ｅ」「ｌ」「ｌ」。

「Ｂｅｌｌ」＝「鈴」。

「……ベル」

名前を決めると、目の前のＡｓが、急に愛《いと》おしく思えてくる。

画面に「キャンセル」と「ＯＫ」のボタンが表示され、選択を迫っている。

「どうしよう……」

この美人Ａｓを私とするには、度胸がなく、気後れしてしまう。

一方で、どんなに現実の私とかけ離れていようがいいじゃないか、とも思う。むしろかけ離れているのがネットの世界じゃないのか。ＳＮＳでは派手な名前やアイコンをつけている例はいくらでもある。『Ｕ』は仮想世界で、Ａｓは仮想人格だ。プライバシーは厳格に守られ、匿名性は厳密に保障されると謳《うた》ってある。ならば誰にも咎《とが》められるものではないはずだ。

ならば、と思い、次の瞬間には、でも、と迷う。

そもそも『Ｕ』のＡ・Ｉは、どうして私に向けて、こんな美人のＡｓを自動生成したのだろう？　たまたま不確定性の生み出した偶然にすぎないのか？　もしくは、私の心の奥にある本当の欲望を、見透かしているのだろうか？　それとも……。

「キャンセルか、OKか」

選択のときだ。

デスクライトしかついていない深夜の勉強部屋。MacBookの画面の前で、私は決意してゆっくり息を吸い、整えた。

――さあ、もうひとりのあなたを生きよう――。

頭の中で、『U』のメッセージがリフレインした。

「カチッ」

私は、OKをクリックした。

その瞬間、まるで準備していたかのように、スマホの『U』アプリが自動的に起動した。落ち着いたトーンの声のアナウンスが聞こえてくる。

「デバイスを装着して下さい」

指示画面の通り、ケースからイヤフォン型のデバイスを取り出し、耳に装着した。

「あなたの生体情報を読み取っています……」

デバイスにある『U』の文字が、青く揺らめくように光る。耳のデバイスたったひとつだけで、生物としての人間のあらゆる情報をスキャンできるらしい。しかもごくわずかな時間で。

「完了」と、アナウンスは告げた。

それから、まるで確認をとるかのように続けた。

「ボディシェアリングを開始します」

ブウウン、と何かが高速で回転しているような音がする。頭の周囲を、密度の高い空気が覆っていくような感触があった。それはデバイスが展開する、強力な磁場がもたらしたものであるらしく、その影響なのか、まるで無重力空間にいるように髪がふわりと持ち上がってゆく。

「最初に、視覚が制御下に入ります」

磁場の感触が、後頭部に集中してゆくように感じられた。

ゆっくり、薄目を開けた。

「……あああ……!!」

眩《まぶ》しいほどの白い光が、目の中に飛び込んできた。

布だ。

十メーター以上はあろうかという白い布が重なり合い、バタバタと風を孕《はら》んで、はためいていた。

自分の体を確かめるように見て、どきりとした。

私の足が、宙に浮いている。

まるで天国からのお告げのように、アナウンスが反響して聞こえる。

「その他の認知機能、および四肢の深部感覚が制御下に入ります」

なんということだろう。その非現実的空間に、言葉も出なかった。全身から汗が噴き出し、心臓がドクドクと高鳴る。

「あなたの登録したＡｓへ、身体主体感と身体所有感が移動します」

後方から、何かがゆっくりと近づいてくる。

ピンク色の髪。さっき登録したＡｓの「影」だった。だが顔はのっぺらぼうで、まるで何も盛り付けしていないお皿のように白い。

「………‼」

ただただ呆然《ぼうぜん》とするしかない私と、そののっぺらぼう――Ａｓの「影」が重なってゆく。自分の中に、別の身体が入り込んでくるような感覚が、気持ち悪い。Ａｓの影は、まるでフォーカスを合わせるように、位置を前後に移動して微調整していたが、すぐにピッタリとフィットした。途端に、先程までの気持ち悪さはどこかへ消え失《う》せていた。

はためく白い布の向こうに、大きな白い扉が見えてきた。

私はゆっくりと近づきながら、両手を伸ばす。

アナウンスが、告げた。

「ようこそ。『Ｕ』の世界へ」

扉に両手を押し当て、勢いよく開いた。

バンッ、と外へ飛び出すと、視界を埋め尽くすほどの高層ビル群が聳《そび》えていた。

「あ……！」

立体的に交差する賑《にぎ》やかな大通りには、大勢の人々――人間ではなくＡｓ――が宙に浮かびながら行き交っている。動物や昆虫、海洋生物を模したＡｓ、花瓶や三角定規、自転車を模したＡｓ、フィクションの中に出てきそうな半獣や女神、戦士を模したＡｓ……、その他、想像力が及ぶ限りの、ありとあらゆる姿をしたＡｓたちが、大声でおしゃべりをしながら飛び交っている。

夜空を見上げると、瞬く満天の星――ではなく、逆さに吊《つ》り下がった高層ビルが放つ、無数の窓の光が瞬く。

もうひとつの現実。もうひとつの世界。

ここが、『Ｕ』なのか。

粉雪が舞っている。少し、肌寒い。

わたしが粉雪を手のひらに取ろうと、両手を広げたとき、白い腕と、細く長い指が目に入った。

「……！」

身体感覚の違いに驚き、自分の体を確かめるように見た。

細い体と長い脚が、まるで生まれたてのような白いドレスに包まれている。

これが、わたし？

——もうひとりのあなたを生きよう——。

と、『U』のメッセージが、頭の中でリフレインした。

「…………!!」

そこで、複数の目線に気づき、はっとして前を見た。

雑踏の中の、幾人かのＡｓたちが、こちらを見ている。が、チラリと見た程度ですぐに行ってしまう。きみは確かに、まあちょっとは美しい部類かもしれないけれど、でもここは『U』だよ。その程度ならここでは何も珍しくないよ、とでも言わんばかりに。

そのことは、好都合だった。誰も顧みない。なら、ずっとしてみたかったことができるかもしれない。

わたしは顔を上げると、大きく息を吸って、試しに声を出してみた。

「——」

声は、紛れもなく自分の声だった。思ったよりもずっと、のびやかに出る。そのままストレッチがわりに鼻腔《びこう》を共鳴させるようにハミングしてみた。想像したよりスムーズに鳴る。身体が仮想だから都合よく補正されているのか？　でも自分の意識とかけ離れた音が出ている感覚は全くない。スキャンされた生体情報が正確なせいなのか？

　ともかく、

「歌えた……！」

　ということが信じられない。

　粉雪が幻想的に舞う中、わたしの声が、高層ビル群に、何重にも反響している。まともに歌ったのは、何年ぶりだろう？　ブランクがあるのに、それも準備運動もしていないのに、すぐにイメージ通りの声が出せていることが、たまらなく不思議だった。すごい自由を手に入れた感覚もあり、同時に少し怖くもある。生体情報がどのように変換されてこのアウトプットになっているのだろう？　Ａｓとは何なのだろう？

　ともかく、

「ああ、やっと歌えた……!!」

　このことだけは、とてつもなく嬉《うれ》しかった。

　わたしは腰を据えて、ちゃんと歌詞のある歌を、しっかりと歌ってみることにした。

　もちろん伴奏はないが、構うものか。

歌よ　導いて
こんな小さなメロディが
貫いていく世界が見たいの

毎朝起きて　探してる
あなたのいない未来は
想像したくはない　嫌なの

歌うわたしの周囲を、様々な言語に翻訳された歌詞が、いくつもの帯になって取り巻いている。ゲール語、タイ語、ペルシャ語……、あらゆる言語が重なり合う。歌を検知すると、設定もなしに自動的に表示されるのだろうか？　さらに種類は限られるが、いくつかの言語で歌う合成音声も薄く聞こえる。そのおかげなのか、

「ん……？」

無視していたはずのＡｓたちが、ふと振り返って、こちらを見ている。

「あ……？」

ビル街のたくさんのＡｓたちが、次々と宙に止まって見ている。そんなつもりはな

かった。ボディシェアリングと言われる技術の具合を確かめようとしたにすぎなかった。なのに、思ったよりたくさんのＡｓが集まって、聴いている様子だ。まるでヴァーチャルな世界のストリートミュージシャンみたいだと考えると、とても気恥ずかしい。しかし途中で止めるわけにもいかない。最後まで歌ってみよう、わたし自身のために。そう思って続けた。

でももういない　正解がわからない
私以外　うまくいっているみたい
それでも　明日《あした》はくるのでしょう？　歌よ導いて
嫌になる　みんな幸せなの？　愛している人がいるの？
こうしてひとりでいると不安になる

歌よ　導いて
どんなことが　起きても良《い》い
歌よ　傍にいて

愛よ　近づいて

聴いていたＡｓたちから、コメントを表示するフキダシが、次々と出た。

《これなに？》《どこの誰が歌ってるの？》《不思議な曲》

最初は様子を見ているような、慎重な内容だった。

が、次第に遠慮がなくなっていった。

《うるさい》《変な曲》《気取ってんじゃねえ》

などと騒いでいるのは、なぜか、そんなことを言いそうにないような、かわいい外見のＡｓばかりだった。フリフリのピンクのドレスを着ていたり、小さな動物だったり、クマのぬいぐるみを抱いた赤ちゃんだったり。

《ルックスは悪くないけど》《何そのソバカス面（笑）》

様々なつぶやきが、歌っている間にも飛んでくる。気にしない。わたしはわたしのために歌っているんだ。が、流石に、投げつけられる言葉に、傷ついた。言ってくるのは決まったごく少数だというのが、こちらからも見える。辛《つら》かった。それが顔に出ていたのかもしれない。さらに言葉はエスカレートした。

《きもち悪い》《やめろ！》《やめちまえ！》

気持ちが挫《くじ》ける前に、なんとか歌い終えた。

騒いでいたＡｓたちは、やれやれとため息をつくと、ふんっ、と鼻息を残し、去っていった。

わたしは落胆した気持ちのまま、見送るしかなかった。

そこへ、

「ベル」

名を呼ばれて、上方を見た。

「……あ」

何かが滑り込むようにやってきて、

「え？……あ」

キラキラ光る鱗粉《りんぷん》を散らし、一旦《いったん》下へぐるりと回り込むと、わたしの手の上に、ゆっくりと止まった。

白い妖精《ようせい》のような、天使のような、クリオネのような、不思議なＡｓだった。

よく見ると、まるでわらび餅《もち》のような繊細さで、体が透けているのがわかる。両手の羽をゆらゆら動かしながら、ちょっとたどたどしい口調で言った。

「キミハ、ステキ。キミハ、キレイ」

そう言ってくれて、わたしは救われた気がした。

「……フフフ。ありがとう」

目が覚めたら、朝になっていた。

いつの間にか、ベッドに突っ伏していた。

昨夜のことは、夢だったのだろうか？　それにしては生々しい実感が残っている。確かめるために手元のスマホを見た。

自分で作ったベルのプロフィールページがある。

夢じゃなかった。

ベルのアイコンの下に目をやると、フォロワー数を示す欄がある。

《Bell 0 followers》

その数字は、ゼロ。

「フォロワーは、なし……」

画面を見つめながら呟《つぶや》いた。「世界なんて、何も変わらない」

別に求めたわけじゃないのに、少しがっかりしたような気持ちになった。

と思ったら、ピンッ、と通知音が鳴った。

見ている目の前で、フォロワー数が「１」になった。あの天使Ａｓだ。コメントのフキダシが出る。何も書かれていない空白だったが。

私はスマホを置き、ベッドの上で仰向《あおむ》けになって、昨夜のことを思い返した。予定

外のことはいろいろあった。が、

「でも、やっと、歌えた……」

なにより、そのことに、胸がすっきりしていた。冬の朝の光が、いつもより眩《まぶ》しく見えた。こんな清々《すがすが》しい気持ちは、久しぶりだった。

続いて、ふたつ目のフォロー通知があった。ヒロちゃんだった。丸い帽子を被《かぶ》った、鳥型のかわいいＡｓだ。

「Re:はじめてみました」のコメントには、

《ヒロです。鈴（Bell）最高。私何でもやるし》

と、あった。

流転

その後、『U』にベルを登録したことで、何か大きな変化があったかというと、何もなかった。フォロワーも特に増えなかった。何日かごとに、フォローされた通知を受け取ることがあったが、確認もせずそのまま放置していた。仮想世界のことを気にかける暇もないほど、何も悩ましいことが起こらない、穏やかな日常を楽しみ、私は満ち足りた気分でいた。

春になった。

朝、沈下橋を渡る。前みたいに下を向かずに、前を見てずんずん歩いていける。スクールバッグにつけた「ぐっとこらえ丸」のプレートも、跳ねるように揺れている。自分も跳ねながら歩けるのではないかと思うほどに、足が軽い。なんともいえないサバサバした、いい気分だ。『U』で歌えただけで、こんなにも気分が変わるものなのだ、と自分でも驚く。

私はここにきて、やっと普通の高校生になれた気がした。

新二年生になった。ちゃんと黒板を見て、前向きに授業を受けた。昼休みは、ヒロちゃんと待ち合わせて、購買へ急いだ。生徒でごった返すパン売り場で、たくさんの種類の惣菜《そうざい》パンを吟味した。教室に戻って食べながら、ヒロちゃんは最近読んだ本の感想を捲《まく》し立てる。人類史の概観といくつかの重要なターニングポイントについて。自由競争と平等の矛盾について。科学の発展と人間の精神のアンバランスさについて。等々。

学校帰りに、好きなバンドの新譜をイヤフォンで聴きながら、ダラダラとひとりで寄り道をした。行ってみたかった甘味処でソフトクリームを食べた。教会の前のひなたに寝そべる白猫をしゃがんで撫《な》でた。夕方の空を見ながら川沿いの道を帰った。夜、ゆっくりとお風呂《ふろ》に浸《つ》かって、のんびりした。髪を乾かしてパジャマに着替え、今日の授業のノート整理と、明日の予習をした。

何事もなく、日々は過ぎていった。

いつの間にか、初夏になった。

太陽の光が眩しいほどに反射するグラウンドを、ランニングした。体育の授業。みんなは、だるー、とか、あつー、とか、吐きそうー、とか言いつつ、気だるく走っている。ところが私は内心、楽しくて仕方がない。体育の時間はいつも憂鬱《ゆううつ》だったのに、今は違う。気持ちが軽い。どこまでも走っていけそうだ。

気持ちよく汗をかいて、教室に戻り、体育着から制服に着替えた。授業はこれで終わりだ。放課後、今日はどこを寄り道して帰ろうか。気持ちの良い風がカーテンを揺らしている。ネクタイを締め、体育着をバッグにしまい、それからスマホを見た。ベルがフォローされました、と通知がある。私はなにげに、『U』アプリを開いた。

《Bell 32460428 followers》

と、ある。

「え……？」

なにこれ？

フォロワー数は、3000万以上。

しかも見ている目の前で、すごい勢いで増加している。

なぜ？

粉雪の舞うあの夜、ベルがアカペラで歌った動画が、短時間の間に世界中で大量に再生されていた。なおかつ、それに紐付《ひもづ》けされて、いくつもの関連動画が上がっている。

「関連動画、って……？」

ベルのシンプルなアカペラに、勝手に音が足され、コードが調整され、至極真っ当なポップスに仕上げられていた。誰？　こんなことしたの？　と思ったら、誰かが面白がって、ベルの声をボコーダーでロボットに変貌《へんぼう》させた。え？　と言う間もなく、それとは真反対のとんでもなく上品なジャズバンドの伴奏に変わる。かと思えばすぐに、男臭いロックバンドの重厚なサウンドにすり替わった。何何？　と目を丸くして見ていると、様々なジャンルのアレンジが、慌ただしく通り過ぎてゆく。ヒップホップ、弦楽四重奏、レゲエ、民謡、ボサノバ、ＥＤＭ……、あらゆる音楽ジャンルを横断し、高度な楽器演奏技術を駆使してベルの歌を当てはめていた。それらが集合し、共同作のようなひとつのイメージに集約してゆく。さながらオーケストラによる壮大なオペラ組曲のようだった。

　それだけじゃない。

　シンプルな白のロングドレスを着ていたベルは、実に様々な衣装を着せられて、あちこちに拡散していた。着替えるたびに、ベルの印象が目まぐるしく変化した。ポップアイドル、オペラ歌手系、90年代グランジ、スポーティー、20年代フラッパー、マニッシュスタイル、パワードスーツ、サイバーゴス、ライダース系、ツナギ系、特攻服系、サイクリング系、ＵＦＣ格闘系、ブレードランナー系ビニール、モダン着物、ベースボールユニフォーム……と、挙げ出せばきりがない。

『Ｕ』に棲《す》む無数のＡｓたちが、世界中からフキダシで発言している。

《なにこれすげー》《聴いたことない》《アレンジ遊びすぎだろ》《歌うめーよマジで》《個性的な美人》《この曲なんて曲？》《検索しても出てこないよ！》《衣装の世界観かなりイカれてる》《気になって仕方ない》《誰かベルについて教えて！》

　フキダシが増えるほどに、フォロワー数も刻々と増え続けた。

《Bell 38641027 followers》

　劇的に、と言っていいほど、ベルは拡散していた。

　するとそれを遮るように、『U』の人気Ａｓ、ペギースーが、

「ベル？　ああ、少し聴いたけど、あんな子全然たいしたことない。でしょ？」

と高級そうなソファにもたれかかり、下級生を見下ろすような余裕ある表情で語った。

　このインタビュー動画に、ベルに批判的なＡｓたちが同調し、急に活気付いた。

《そうだそうだ！》《耳障り》《大げさな美人ってだけ》《セクシーを売りにしたいの？》《下品》

　ネットの典型的な悪口から始まり、フキダシが次々と湧き出て場は燃え上がった。

《作曲法の基本がなってない》《１００パー編曲のおかげ》《曲と衣装が合っていない》《詞も個人的すぎる》

『U』に現れて間もないのに、早速批判的なＡｓたちはベルを徹底的に叩《たた》いた。

《作家性アピールしたいわけ？》《人任せで努力もしてないくせに》

批判フキダシが画面を埋め尽くし、もはやベルの動画が見えなくなってしまうまで増殖した。

《音楽を軽く見るな！》

批判者は、声を揃えて大声で叫んだ。

が、結局それも、小さなごく一部での出来事でしかなかった。

『U』は、彼らが思っているより、広大だった。

《でも……》《なぜかこの歌、気になる》《どうして？》《なんで？》

『U』は、嘘のニュース、悪意や偏見、わざと過激に見せる意見などにユーザーが左右されず公平に意見を見られるように、既存のＳＮＳサービスにはない独自の強力な検証システムが実装されている。それを証明するように、最初「批判的」に見えたベルの評価は、時間が経つごとに「肯定的」へと逆転していった。

《僕のために歌ってくれている気がする》《私にだけ聴かせてくれているみたい》《いや俺のために》《ううんわたしだけのために》《なぜ？》《なんで？》《どうして？》

ベルにまつわる、さまざまな言説、無数の画像、無数の動画がモザイク画のパーツのように寄り集まって、複数のウインドウが組み合わさり、一枚の大きな絵を描き出した。

それは『U』に集う人々の意識が総体としてイメージしている「ベル」という存在そのものだ。

背中には、白く大きな翼が広がっていた。

まるで『U』に舞い降りた、光り輝く天使のように——。


「………!!」

私は、あまりの出来事に、目を丸くして何度もまばたきした。

フォロワー数、３８６０万人以上、って……。

顔の筋肉が、ぴくぴく引きつっている。

と、

「ベルって知ってる?」

その声に、私はぎょっとして教室を振り返った。

着替え途中の女子たちが、楽しげに話している。

「もちろん」

「誰それ」

「『U』のでしょ?」

「すごい子出てきたよね——」

マジか。リアルタイムで反響がそこまで迫っている。ものすごいドキドキしている。

どんな顔をしていいかわからない。私は身を低くし、コソコソと教室を出ていこうとした。それがかえって怪しかったのかもしれない。ソックスを引っ張り上げている女子が声をかけた。

「鈴？」

逃げるように教室を後にした。

高校を出て、帯屋町《おびやまち》の賑《にぎ》わうアーケード街を急いだ。

一大事だ。

一大事だよ。

大変だよヒロちゃん！

早歩きが、気が急《せ》いて駆け足になった。自分ひとりでは、とても受け止めきれなかった。ヒロちゃんの家の前まで走って来たが、勢い余って行きすぎてしまった。引き返して玄関に走り込む。

「こんにちはっ！」

夏っぽいレースのトップスで、ヒロちゃんのお母さんは迎えてくれた。

「あら、鈴ちゃん。弘香、応接間よ」

ヒロちゃん家《ち》は、地元の銀行家一族の家系だ。市内の真ん中にある昔ながらの平屋造で、お座敷や洋間がいくつもある豪邸だった。私は板張りの長い廊下をドタバタ走り抜け、応接間に飛び込んだ。

「ヒロちゃん！　大変なことになったよ!!　ベルが……」

数寄屋《すきや》造の応接間は、ヒロちゃんの仕事場と化していた。ローテーブルの上に、コンピューターに繋《つな》いだマルチ大型モニタが鎮座し、ソファや絨毯《じゅうたん》の上には、ハードカバーの分厚い本や画集が所狭しと積み上げられている。

「知ってる」

ヒロちゃんは、王様みたいな革張りの椅子を、くるりと回してこちらを向いた。

「今、『U』ミュージックのグローバルバイラルチャートにランクインした。予想通り」

「違うよ！　信じられないくらい叩かれてるんだよっ!!」

私は、河田小龍《かわだしょうりょう》の衝立《ついたて》の前で、悲鳴まじりに訴えた。

対照的に冷静なヒロちゃんは、サブモニタに流れるSNSを振り返る。

「それも予想通り。既得権者がビビって騒いでるだけ。ふんっ。肯定しかされない奴なんてコアなファンだけな証拠。小さい小さい。『U』じゃ嘘のない賛否両論が、本物を鍛え上げるんだよ」

私は、頭を抱えて苦悶《くもん》し身をくねらせた。

「は、半分も批判されてるの⁉　死ぬっ！　死ぬっ‼　死ぬっ、死ぬぅ〜〜‼」

「もう半分には評価されてるってことじゃん。自信持てよ‼」

私のうろたえ振りをヒロちゃんが一喝した。

「評価された秘密は？」

「……ルカちゃんそっくりな外見」

「それと？」

「面白がって編曲してくれた人たち」

「それから？」

「ヒロちゃんのプロデュース。衣装とかダンスとかそれから……」

「ちが〜ぅ‼　そうだけどちが〜〜ぅ‼」

ヒロちゃんは大型モニタを叩いて示し、

「一番の秘密はここが『U』だってこと！『U』のボディシェアリング技術は、その人の隠された能力を無理やり引っ張り出す。じゃなかったらあんたなんか一生歌えないまま子供みたいにメソメソ泣いて埋もれたままだったんだから。あ、そうだ。これ見て」

と、自分のスマホをぐっと突き出して見せる。

画面には「Who is Bell?」とある。

「ベルのしょうたいさが……、わっ!! なに正体探しって!?」

「こいつらの見当はずれな推理笑うわ。世界的有名人ばっか並べてさ、んなわけねぇだろ。フォッフォッフォッ」

ヒロちゃんは悪魔的に笑った。

「笑い事じゃないよっ！」

「ベルのオリジンが、まさかこんな辺境のド田舎にいるダッサい小娘だなんて誰も思わないって。フォッフォッフォッフォッフォッ」

「怖っ……」

私はぞっとして二の腕を抱いた。

「こんなクソ面白いゲーム他にないよ。目の前にいるそばかす面のさえない女子高生を『Ｕ』の大スターにしてみせる。ケッケッケッケッケッ」

ベルの衣装合わせに、世界的なデザイナーＡｓが服を持ち寄り、着せ替えを行っている。それを指示している丸い帽子のヒロちゃんＡｓが、ヒロちゃんの動きとシンクロしていた。ヒロちゃんが肩で笑えば、ヒロちゃんＡｓも肩で笑う。

「あ、莫大《ばくだい》な収入になるかもだけど心配しないで。１ドルも残さず各種チャリティーに匿名でぶっ込んであげるから」

別のウインドウには、子供の貧困や児童虐待など、様々な社会問題の記事がスクラップされていた。ヒロちゃんは本気で、１ドルも残さないつもりだろう。
その片隅に、シングルファーザーの記事があるのが目に留まった。優しげな父親と、私よりも年下に見える男の子兄弟二人が映っている。ひとり親なのは、もちろん私だけじゃない。もしベルが成功すれば、彼らにも何らかの形でお金が届くというのだろうか？

ベルは、クジラの頭上に仁王立ちしたまま、圧倒的声量で歌い上げた。

ラララライ
ラララライ
止まない
愛を知りたいと
願う御呪《おまじな》い
時を超えて
朝から夜まで
ラララライ

ラララライ
君を知りたい
何一つ見逃さぬように
時は誰も待ってくれないの

残酷な運命が
抗《あらが》えぬ宿命が
考える間なく
押し寄せ砂嵐で
前が見えなくたって
君を信じてみたいの
恐れずに一歩踏み出したら

さあ！
皆さんこちらへ
どうぞ鼓動の鳴る方へ

さあ！
踵《かかと》を打ち鳴らせ
どうぞ心の踊る方へさあ

さあ！
皆さんこちらへ
どうぞ鼓動の鳴る方へ

さあ！
踵を打ち鳴らせ
どうぞ心の踊る方へ

空飛ぶ鯨に飛び乗って
さかしまな世界を踊り尽くせ

「ベルだ！」「ベル!!」

Ａｓたちは、彼女を見上げながら、口々にその名を呼んだ。

《ベルは僕らの新しいディーバ》《「Bell」よりもっと彼女にふさわしい綴《つづ》りは「Belle」じゃね？》《「Belle」？》《フランス語で「美しい」って意味》《必ずしも完璧《かんぺき》とは言えない彼女にぴったりだ》《控えめに言って、「Belle」最高だよ！》

何千万ものＡｓたちの歓声が、摩天楼に反響する。

「ベル！」「ベル!!」「ベル！」「ベル!!」「ベル!!」

ベルは、手を胸の前でクロスさせ、一気に広げた。

同時に彼女の体からグラフィカルな花々が、一斉に発散された。花々は、悠々と泳ぐクジラの上から、街にあまねく広がっていった。

あらゆる人、あらゆる事象、あらゆる生を祝福するかのように、ベルは高らかに歌い上げた。

ここまで存在感が肥大してしまうと、批判的Ａｓたちのフキダシも、完全に勢いをなくしていた。聞こえてくるのは、嫉妬《しっと》と怨嗟《えんさ》ばかりだ。

《音楽のプロとして容認できない》《ベルばっかズルい》《あまりにも軽率で出来過ぎ》《なんでこんな注目されるのか理解できない》

ペギースーは、自身のチャンネルで、

「冗談じゃない！　なんであんな子があたしより上なの!?　ふざけんな!!」

と銀色の髪を振り乱し、怒りをぶちまけた。

　ところが、

《ペギースーだ》《終わったな》《過去の人》《まだいたの？》《BBA》

辛辣《しんらつ》なフキダシが次々と増殖してウインドウを侵食していった。ペギースーは青くなって、増殖を止めようとした。が、

「あ？　なに？　ちょっと！　狭い！　やめて！　わ〜〜っ!!」

抵抗も虚《むな》しく、あっという間にフキダシに埋め尽くされてしまった。

　ヒロちゃんＡｓは勝ち誇ったように、

「嫉妬してろ井の中の蛙《かわず》どもめ！　ベルによって世界は変わったんだよ!!　もっと盛り上がれ！　もっともっと!!　ベル最っ高〜〜!!」

　と叫び、口の裏が見えるほどに爆笑した。

「ガーッハッハッハッハッ!!」

　そして現実のヒロちゃんも、大型モニタの前で、爆笑した。

「ガーッハッハッハッハッ!!」

　すると、

「何笑ってんだ弘香!!」

　ヒロちゃんの背後で、腕組みしたヒロちゃんのお父さんが激怒していた。

　その横、困り顔のお母さんが、仕方ないように言った。

「ここも使っちゃダメだって」

伸びやかな女声合唱が、校舎に響いている。

私が卒業したこの小学校は、廃校になってしまった。

荒れて草の生えたグラウンドは駐車場になっていて、何台も車が止まっている。玄関の児童用下駄《げた》箱には、何も入っていない。廊下には、会議用の長机が積み上げられ、児童が描いた仁淀川の地図が壁から剝《は》がれかけている。教室に学習机はもうなく、三角定規、大型モニタ、防災用ヘルメットなどが乱雑に放置されているのみだ。黒板に「卒業」の文字が往時のまま残されていて、時が止まったように見える。体育館は使われなくなった楽器、パイプ椅子、ベンチなどで、物置と化していた。壁に、卒業生の顔が刻まれた木製レリーフが掲げられている。１９９０年代は何人もいた卒業生が、２０１０年代前半には２、３人。それから１人の年が続き（そのひとりが私だ）、それ以降のレリーフは、もうない。

その体育館のステージ前で、五人の女性が歌っている。

「Alle psallite cum luya（いざ、リラを奏でて歌わん）」。

Alle psallite cum luya

Alle concrepando psallite cum luya
Alle corde voto Deo toto, psallite cum luya
Alleluya

40代から70代の、職業も人生もバラバラな、五人の強気な女性たちによる、合唱クラブ。通称「聖歌隊」だ。体育館は、教会さながらに歌声を天井に響かせている。

彼女たちは歌い終えると、

「……ふうっ」

一息つきつつ、それぞれが楽譜を検討し始めた。

つまり、練習中なのだが、この日たまたま視察に来ていたどこかの自治体の人たちが、遠慮がちに拍手した。町役所の案内の人が、気まずそうに説明した。

「このように廃校を転用した地域活動にも取り組んでおりまして、次に見て頂くのがこちらで……」

と、見学の人たちを出口へと促した。

絞り染めワンピースの喜多《きた》さんは、彼らが出ていくのを見送り、気を取り直すようにうちわでパタパタ煽《あお》いだ。

「蝉時雨《せみしぐれ》の中でクリスマスコンサートのお稽古《けいこ》って、なんか気分出ないね」

などと言うと悠長に聞こえるが、夏の単独コンサートが終わったばかりで、このあと音楽祭への参加だの福祉施設へ出張ライブだのと、案外毎月の予定は埋まっている。それぞれに仕事を持つ彼女たちは、それらをこなして次の単独公演の予定が年末、という意味だ。

昔、母さんはこの聖歌隊のメンバーだった。母さんが亡くなってから、私が代わりにメンバーになった。メンバー、といっても、私を気遣った彼女たちが、毎回練習に誘ってくれるようになった、というだけのことだ。歌えない私は、ずっと彼女たちの練習を柱の陰などで隠れるように聴きながら、声にならないほどの声でこっそり合わせて過ごした。それが幼い頃から続いている私の「メンバー」としての参加の仕方だ。今日もマリンバの下に潜り込み、こっそりウィスパーで声を合わせて歌った。そんな私を、

「鈴！　表に出て歌いな！」

と、オレンジ色のノースリーブの中井《なかい》さんは、身を屈《かが》めて覗《のぞ》き込んだ。私はギョッとして膝《ひざ》を突き、四つん這《ば》いで逃げた。

「無理。無理無理無理無理」

「物陰でささやく合唱団員なんていないよ。鈴虫かよ」

「私、鈴虫でいいもん」

と電子ピアノの隙間から顔を出すと、ストールを巻いた畑中《はたなか》さんが言った。

「一番若い人が中心で歌ってよ」

「遠慮する」

ショートカットの白髪が可愛い吉谷《よしたに》さんは、腕組みしてため息をついた。

「困ったものね。今時の子は欲がなくて」

「幸せに背を向けてんの」と喜多さん。

デニムジャケットにポニーテールの奥本《おくもと》さんは、腰に手を当てるのがクセだ。

「お母さんだってあんたの幸せを願ってるよ、きっと」

「幸せ？　どうやって？」

私は、彼女たちに聞いた。

「どうしたら幸せになるの？」

え？　と女性たちは言葉に詰まった。

「ど、どうしたらって」

と奥本さんは、ちょっと考えるようにななめを向いてまばたきした。

「し、幸せ……」

畑中さんも言葉に詰まり、メガネの奥の眉間《みけん》に皺《しわ》を寄せた。

「しあ……、幸せ？」

と、喜多さんも困ったように天を仰ぐ。

「し、しあ、わ、せ……」

中井さんは、ぎこちないジェスチャーで、何か（幸せ？）を表現しようとしている。

彼女たちは実際、それぞれ独自に人生を歩んでいた。結婚しないままパートナーと長年暮らしていたり、仕事中心でずっと独身だったり、バツ2のシングルマザーだったり、病気の伴侶《はんりょ》を介護しながら子育てをしていたり——。

そんな中、最年長の吉谷さんは他の四人を見回し、

「実は私、こんなおばあちゃんになっても、幸せって何かわからない」

と胸に手をあてて、うふふ、と微笑んだ。

そう吉谷さんに言われては、私たち幸せを語る資格なんかございません、とばかりに他の四人は固まった。

私は電子ピアノの隙間から、そんな彼女たちひとりひとりを見回していた。

すると、

「……あんたなにその目!!　私たちを見比べたわね!?」

と喜多さんが目を吊《つ》り上げて言った。

「誰が一番正解だろう、って思ったでしょ!?」

畑中さんはメガネの奥の瞳《ひとみ》をギラつかせた。

「正解なんてものがあったら、あたしらこんなにジタバタしてないっつーの!!」

中井さんがわめく。

怖っ。

私は電子ピアノの陰に身を縮めた。


私だって、本当は、じたばたしているのだ。

渡り廊下から、しのぶくんが１ＯＮ１をしていたバスケットコートを見下ろした。

誰もいない。ボールだけがポツンとコートにある。

じっと見ていると、忘れられない思い出が蘇《よみがえ》ってくる。

それはこんな情景だ。

夕暮れ。ひとりしゃがんで泣き続ける６歳の私には、誰も近寄らない。そこに、ミニバス用のボールを手に、しのぶくんがやってくる。立ったまましのぶくんは聞く。

「なに泣いてんの？」

「…………」

私は何も答えないで、泣き続けている。

「なんで何にも喋《しゃべ》んないの？」

「…………」

私は何も答えない。

この時のことを、私はいつでも思い出せる。今まで何度思い出して来たかわからない、大切な思い出だ。忘れてしまわないように、これからもことあるごとに思い出してゆくだろう。大人になっても、吉谷さんみたいなおばあちゃんになっても、ずっと。ずっと……。

横に誰かいるのに、気づかなかった。

「……鈴」

呼ばれて、やっと気付き、驚いて見た。

「……しっ、しのぶくん!?」

焦っていた。私どんな顔をしていただろう？　冷や汗が噴き出す。変な顔を見られていたら嫌だ。

「お父さん元気？」

「さ、さあ。元気かな？」

「なんだよそれ。鈴、ちゃんとご飯食べてる？」

「た、食べてるよ」

たまらなくなり、その場から離れようとした。

行こうとする私の手を、しのぶくんが握った。

「⁉」

ハッと見上げた。手の感触に、頬が熱くなる。

しのぶくんは、冷静に聞いた。

「何かあった？」

「……ないよ」

思わず顔を伏せた。こんな顔、見ないでほしい。

「あったでしょ」

「ないって」

顔をそむけた。なのにしのぶくんは、

「顔見して」

「……見せられない」

「いいから」

見せられないって言ってるのに……。迷ったが、仕方なくゆっくり顔を向けた。

「…………」

しのぶくんは、まっすぐな瞳《ひとみ》で私の目を見た。

「言ってみ？」

「…………‼」

そのまなざしに息を呑《の》んだ。魅入られたように釘付《くぎづ》けになった。

あの時も、こんな目だった。

幼いしのぶくんは、しゃがんで私の顔を覗《のぞ》き込み、

「言ってみ？」

と聞いた。

あの時と、変わらない目。

「…………!!」

思い出してボーッとしてしまう。

そこで、

「ハッ……!?」

複数の目線を感じた。女子たちが気づいて、ザワザワしている。

やばい。

咄嗟《とっさ》に、しのぶくんの手を振りほどくと、早足でその場から去った。

「……鈴！」

しのぶくんに呼ばれても振り返らず、早足のまま廊下の角を曲がった。

ちゃんと言わなければいけない。

曲がった先の壁に背をつけて、握ってくれた手の感触を確かめつつ、口の中で練習

した。

「しのぶくん。私、もう小学校の時の私とは違う。いつまでも心配されているばっかりの子じゃないから。ないから……」

ちゃんと伝えよう。決意して、来た道を戻った。

渡り廊下の向こうには、しのぶくんの姿があった。

伝えなきゃ。

が、途中で、足が止まった。

「……！」

しのぶくんの前に、ルカちゃんがいた。

教科書の頁《ページ》など指して、しのぶくんに楽しげに笑顔を向けていた。誰も立ち入ることのできない、輝くような美しさがあった。世界中に祝福された、完璧《かんぺき》な笑顔だ。うしろで女子たちが、ふたりを微笑ましげに見ている。さきほどはザワザワしていたのに、今は安心したような表情だ。彼女たちがどうしてそうなるのか、その理由を、私は私なりに理解しているつもりだ。

「…………」

私は、さっきしのぶくんに伝えようとしていたことを呑み込んで、胸の奥にしまった。

そして、何事もなかったかのように、その場を去った。

出逢い

赤道に輝く三日月が移動して、『Ｕ』の世界に宵闇を連れてくる。

大河のように続く『Ｕ』の街では、今日はいつも以上にＡｓたちが溢《あふ》れていた。不思議な高揚感があちこちで漂っていて、誰もが落ち着かない様子だ。

無数のネットニュースがさまざまな言語で中継している。

「……さあ間もなく『Ｕ』の標準時20時25分、ベルにとって最大規模のライブが、ここ『Ｕ』の球状スタジアムで行われます」

『Ｕ』の街は、基本的に「高層ビル（Skyscraper）」と「公園（Park）」の２種類のモジュールの繰り返しで構成されている。が、他にもいくつかの特別なモジュールが存在する。そのうちのひとつが「スタジアム（Stadium）」と呼ばれる、球状のモジュールだ。

「……世界同時に視聴するＡｓの数は、６ヶ月以内に現れた新人としては異例の、１億とも２億とも言われ……」

球状スタジアムに近づくと、小さなたくさんのユニットの集合体がさらに集まって球を形作っていることがわかる。ユニットごとの隙間を通過して、内部へと入る。ユニットのひとつひとつには複数の窓がついている。窓の形はスマートフォンの画面の形と一致していて、その中にＡｓの姿が見える。そこがこの球状スタジアムの観客席なのだ。

無数のＡｓたちが、ライブの開始を今か今かと待ち構えている。

開始時間を迎えた。

ゴゴゴゴ、と駆動音と共に、だだっ広い球体の空間が徐々に暗くなってゆく。ユニット同士が近付いて、隙間が狭まっているのだ。やがて、ドオオオン、と轟音《ごうおん》が鳴り渡った。ユニットの隙間が完全に閉じ、空間は暗闇に包まれた。闇の中に赤道のような赤いラインが浮かび上がる。

ライブの始まりだ。

音楽がスタートする。

空間の中心に、巨大な水滴が浮かんでいるのが見える。この不思議な光景を前に、観客たちはこれから何が始まるのか、固唾《かたず》を呑んで見守っている。

巨大な水滴は、表面張力で表面を震わせながら、内部から光を放ち始めた。まるでスバルのようにいくつも煌《きら》めく光が発生し、水滴の中で蓄えられてゆく。

やがて光で満たされた水滴は、ビッグバンのように一気に弾《はじ》けた。

ザアアアッ、と大量の飛沫《しぶき》が空間に拡散すると、その向こうに、キラキラと光を反射する不思議な物体が現れる。

繊細なビーズで組み立てられた、十数メーターもある巨大なドレス。

そのドレスの先端部にいるのは、ベル＝わたしだ。

「ウオオオオオオオ……!!」

地鳴りのようなＡｓたちの歓声が、沸き上がった。

客席の無数の窓から、モザイクのような光が放たれる。

その光を受けてドレスを構成するビーズの色彩が、複雑に変化する。光によって輝きが変化する特殊なビーズだ。最高のデザイナーによって、ヘッドドレスからハイヒールに至るまで全てコーディネイトされた、最高の衣装だ。

わたしは光を受けて様々な色に変化しながら、空間を漂うように泳いだ。

巨大ドレスのパーツが、まるで多段式ロケットのように切り離される。大きなパーツが切り離され、さらに、細かなビーズひとつひとつに、切り離されてゆく。

そのビーズの粒が、海のうねりのように渦巻いて、仮想の海面のゆらぎへと変化していった。

そこへ、ヘッドホンをつけた三頭の子クジラが現れ、中心にいるわたしに、ゆっくり寄り添ってきてくれる。

子クジラたちは、このライブのために雇った一流のダンサーだ。

音楽に合わせ、子クジラの一頭が尾ひれで海面を叩《たた》くと、美しい波紋が広がった。別の一頭も海面を叩く。波紋同士が重なり合った。もう一頭は鼻から、勢いよく潮を吹き上げた。

次は自分の番だ。

先程の子クジラのように、音楽に身を委《ゆだ》ねて体をひねり、海面を叩いた。美しく波紋が広がる。もう一度体をひねって海面を叩き、波紋を重ねた。そして、子クジラの潮吹きのように、自分自身が、海面から勢いよく飛び出した。

再び子クジラたちが入ってきて、計算されたコンビネーションで泳ぎ踊る。

その中心で、歌う。

煌めく客席のフラッシュがドレスまで届き、次々とビーズの色彩を変化させてゆく。

なんという美しさ。

Ａｓたちの放つ窓《スマホ》の光のひとつひとつがなければ、決して現れない色彩は、わたしとデザイナー、そして観客のコラボレーションだ。そしてまた、複製が当然のデジタル世界において、二度と再現することの不可能な、一回性の芸術だ。

わたしは、高らかに歌い終えた。

「オオオオオオオオオオ……!!」

轟《とどろ》くようなＡｓたちの歓声が、球状スタジアムを揺らした。

客席のフラッシュが一斉に消え、赤い赤道だけの暗闇に戻る。２曲目の前奏が始まり、上下から、次のセットであるグラフィカルな鉄骨がスライドしてくる。暗転の合間、このライブのプロデューサーであるヒロちゃんＡｓが、滑り込むようにやってきた。

「ベル最高。次行くよ」

「うん」

ヒロちゃんＡｓは、手にした布の一片を投げた。それがわたしの体の周りでパタパタと展開し、パッチワークドレスに変化していった。これもビーズドレスと同じデザイナーの作品で、光を受けると変化する繊維が織り込まれている。

そのとき突然、ガゴンッ、と奇妙な音がした。

「あ……」

ゴゴゴゴ、と球状のスタジアムの隙間が、ほんの少し開く。

「誰!?　勝手に扉開けたの！」

ヒロちゃんＡｓが怒鳴る。

ユニットの僅《わず》かな隙間から、何者かが侵入して来た。先頭に一体。そして、後続に

Ａｓの集団。客席ユニットすれすれに高速移動している。窓の中の観客が、このハプニングに動揺しているのが伝わる。

ヒロちゃんＡｓの怒りは倍増した。

「出てけこのやろう！」

先頭のＡｓは、後ろの集団から逃げているように見える。

「追われてる？」

球状スタジアムの赤道に沿って、外周を回る。追っ手の集団は二手に分かれた。

「もうっ！　あいつなんなの⁉」

ヒロちゃんＡｓが、宙を仰いで尋ねる。

世界中のブレーンたちが瞬時にフキダシを上げる。

《Lóng》《continuar》《龍》《naga》《Dragon》《اژدها》《Dreki》《Ejderha》

「竜《りゅう》？」

《『U』に棲《す》む、醜いモンスター型Ａｓだよ》

突き出る二本の角。長い鼻面。鋭い牙《きば》と爪。特徴はまさに竜そのものであり、印象は暴力的な獣のようだ。それでいて襟を立てた深紅のマントや、スーツの袖《そで》から覗《のぞ》く白いフリルは、どこか貴公子的なものを連想させた。この真反対な性質が同居する不思議なバランス。長く縮れた髪の隙間にわずかに見える細く鋭い眼差《まなざ》しは、どこまでもミステリアスにわたしには思えた。

一方、追っ手たちは皆、赤いラインの入った白いバトルスーツの外見で統一している。正義のヒーローをそのまま形にしたような集団に見える。

ブォッ、と竜はマントを翻し急上昇したかと思うと、タッ、と身をひねって急降下した。トリッキーな動きで追っ手を翻弄《ほんろう》してあっという間に振り切ると今度は、先ほど二手に分かれたもう一方に、自ら向かってゆく。

追っ手たちを率いる石仮面のＡｓは、怯《ひる》まずにそのまま突っ込む。

両者は、正面から激しく衝突した。

バチィッ、と激しい火花が散る。

竜は、目で追えないほどの速さで拳《こぶし》を繰り出した。

追っ手たちは、ババババババッ、と小石のように弾け飛んだ。

そのままキラキラと氷の結晶のような光を発して、動かなくなった。あまりの打撃にデータが壊れて、フリーズしたのだ。

竜を、わたしは呆然《ぼうぜん》として見た。

「すごい……」

「何者?」

ヒロちゃんＡｓが聞くと、すぐにフキダシが答えた。

《数ヶ月前、『U』の武術館に突然現れた》《以来連勝記録を塗り替え続けてる》《でもファイトスタイル最悪》

「どんなふうに？」

ダンッ、と竜は、壁面のユニットに着地して方向を変えると、先程振り切ったもう一方の集団に襲いかかった。彼らが逃げる隙も与えず、早技で次々と倒していく。

フリーズを示す、結晶の図像が、あちこちに浮かぶ。

《試合を台無しにする》《データが壊れて使用不可になるまで攻撃してくる》《まるで鬱憤《うっぷん》を晴らそうとしているみたい》

わたしは唖然《あぜん》として言葉もなく、竜を見つめた。

「あ」

ボロボロの背中に、たくさんの模様があるのに気がついた。

「あれは……？」

《これみよがしに背中のアザをアピールするウザい奴》

とフキダシが付け加える。

確かめるようにそれを見た。

「あんなに、アザだらけなんだ……」

追っ手の集団は、いつの間にか数を増やしている。率いるドレッドヘアのＡｓが、行け、と指差すと、10人以上の隊員たちが声をあげて一斉に向かう。

対する竜はひとりだが、躊躇《ちゅうちょ》なく向かってゆく。

竜は、めくるめく速さで手刀を繰り出した。

追っ手たちは次々と弾《はじ》け飛ぶ。

「わあああああっ！」

バンッ、と最後の一人まで、一息で薙《な》ぎ倒してしまった。

ドレッドヘアＡｓは、一瞬で味方が全滅したことに愕然《がくぜん》としたまま、

「ウ……ウォオオオ!!」

と奇声を上げながら、闇雲に竜に向かっていった。

が、直後その顔面に、強烈な竜の膝《ひざ》がぶち込まれた。続いてアッパーのコンボが決まる。ドレッドヘアＡｓは、海老《えび》反りになって吹っ飛んだ。

ヒロちゃんＡｓは、興味深げに聞く。

「追いかけている方は？」

《ジャスティスたち》

「ジャスティス？」

《『Ｕ』の正義と秩序を守る、って主張してる》

少し離れたところから見下ろしているＡｓたちがいる。

石仮面Ａｓやドレッドヘア Ａｓと同じ、ジャスティス軍団の幹部たちだった。いかにも正義の味方らしい、強そうな面々だ。半分が女性型である。

ヒロちゃんＡｓは、彼らを見て納得するような声を上げた。

「ふーん。それでヒーローっぽいんだ」

大勢のジャスティスたちが、槍《やり》やハンマー、青龍刀《せいりゅうとう》などさまざまな武器を手にして、竜をぐるりと取り囲んでいる。

オオオオ!!　と隊員たちが声を上げて、一斉に襲いかかった。

多勢に無勢、竜に勝ち目はないように思える。

竜は、ゆっくりと両手をクロスさせた。

そして、すさまじい速度で空間を斬り裂いた。まるで本当に剣を操るかのごとく、隊員たちを斬りまくった。密集した軍団が、一斉に外へと弾け飛ぶ。

「わあああああっ!!」

同時にキラキラと結晶に似た光を放った。

圧倒的な強さに、満場の観客たちは、息を呑《の》む。

竜は、背を向けてゆっくりと身を起こした。

ジャスティス軍団の幹部たちは、愕然として、

「なんとひどいことを……!」

「そこまで痛めつけてどうする⁉」

「自分さえ良ければいいのか⁉」

と、正義の味方らしい調子で口々に竜を非難した。

それをきっかけに、一部の観客Ａｓたちから、ブーイングが沸き起こった。

《そうだ！》《ベルのライブを台無しにしやがって！》《どう責任を取るんだ⁉》

その声は、やがて球状スタジアム全体に広がっていった。

《ベルに謝れ！》《時間を返せ！》《ここから出て行け！》《出て行け！》

一種異様な空気に包まれた空間で、わたしはスタジアムを見回した。その場にいるほとんどのＡｓたちが、たったひとりに向けて地鳴りのような激しいブーイングを投げつけている。

その中心にひとり立つ竜。背中のアザが、まるで今まで無数のブーイングを受けてできた傷のように、わたしには思えた。

思わず、問いかけた。

「あなたは……」

竜はゆっくり振り向いて、鋭い目でこちらを見据えた。

「…………」

「あなたは、誰…………？」

問いにならない問いを、思いのままに投げかけた。

すると竜は、初めて口を開いた。フィルタをかけたような、くぐもった声だった。

「……見ルナ」

「え……？」

「俺ヲ、見ルナ」

縮れた髪の間から覗く竜のまなざしが、拒絶を示している。それ以上、聞くことができない。

そのとき、

「竜!!」

鋭い声が、球状スタジアムに響いた。

ひとりの男が、仁王立ちしている。

「もう許せない……。絶対に許しておけない！　竜を倒さなければ、『Ｕ』の平和は保たれない!!」

腕組みしたまま、高らかに言い放った。

「あれがリーダー？」

と、ヒロちゃんＡｓが聞いた。

《そう。彼がジャスティン》

金髪を逆立てた碧眼《へきがん》のＡｓだった。引き締まった筋肉の堂々たる体軀《たいく》は、強さと勇ましさを思わせ、それを包む白いバトルスーツは、高潔な人格を想像させた。まさにヒーロー、英雄、偉丈夫、正義の味方、救世主、と呼ぶにふさわしい。

ジャスティンは、自らの右腕を立てて、手首にある紋章を指し示した。

「見よ!!」

紋章が光に包まれて巨大化して、翼の生えた金属製の獅《し》子頭《しがしら》に変容《メタモルフォーゼ》した。獅子の口から、ボルトアクションで宝石のようなレンズ体が飛び出してくる。まるで大砲だ。

ジャスティンは、その砲を掲げて見せ、

「これこそが、『U』の正義と秩序を守る真実の光なり！　我々は悪しき竜を、必ずやアンベイルしてみせる!!」

と『U』全体に行き渡るような声で宣言した。すると、企業の名前が入ったバナーが次々と飛来して、彼の後ろに積み上がった。これら協賛企業が、彼の活動を支えているらしい。

ヒロちゃんＡｓは目を丸くして指さした。

「見て、あのスポンサーロゴの数！」

「アンベイルって？」

わたしの質問に、ヒロちゃんＡｓは、

「Unveil」

と、いないいないばあ、の仕草で答えた。

ジャスティンは、狙いをつけるように右手を構えると、レンズ体内部がモザイクのようにきらめく。

粒子が集束して、緑色の光が放たれた。

パウッ！

光は、闇を切り裂いて一直線に竜に向かっていった。

竜は、ギリギリでその光を避《よ》ける。

再びジャスティンの右手に粒子が集束し、続けざまに２射撃った。

竜は距離を十分にとって、慎重に避けた。この未知の光を、かなり警戒している様子だ。

「ヌウッ……」

右手を下ろし、ジャスティンは唸《うな》った。細く長い光を、遠くで動く対象物に当てるには、距離がありすぎる。

「扉を!!」

と合図した。

それを受けて幹部たちが四方に散った。間もなく、ゴゴゴゴゴ、とユニットの隙間が動き出し、間隔が狭まってゆく。

それにつれ明るさが失われてゆく。ガゴウンッ、と完全に閉じた音とともに、球状スタジアムは闇に包まれた。

「え……？」

そこへ幹部たちが持つ何本ものサーチライトが、一斉に点灯した。

交差する中心の一点の、竜を照らしている。

「もう逃げられんぞ、竜!!　醜いきさまのオリジンを、この場で暴いてやる！」

ジャスティンのスピーチに、観客席は沸いた。

「オオオオオオオオオ！」

完全に場はジャスティンを支持している。

ヒロちゃんAsも、同調する。

「いいぞ、やれやれ〜〜!!」

オリジン？　暴く？　そんなことができるの？

と、わたしは思った。

さっきジャスティンは、『U』の正義と秩序を守る真実の光（あの緑色の光）で、悪しき竜を必ずやアンベイルしてみせる」と言った。その意味は、「竜を操る現実の人間が誰かを、明らかにする」ということなのだろう。『U』のセキュリティで平等に守られているはずのプライバシーを、ないことにする、ということなのだ。ここで言う「アンベイルする」とは、そういうことなのだ、と理解した。

それが、世界中から嫌われているというあの竜に向けられているのなら、誰もが納得するのだろう。でも、もし逆の立場なら？　と考えると、話は違う。アンベイルなどされたくない。誰だって。そんなことは、あってはならないのではないか？　セキュリティの平等は保たれるべきではないのか？

幹部たちが、サーチライトを持って、竜に近づいていく。

眩《まぶ》しいハレーションを嫌うように、竜は手で光を遮っている。だが幹部たちは容赦なく強い光を当て続ける。竜は、眩しさのせいで身動きが取れない様子だ。

ジャスティンは、遠くから慎重に狙いをつける。

サーチライトが挟まっていく。動きの止まった竜にあの光を当てることは、とても容易なことのように思える。

クウン……、と、砲のレンズ内部がキラキラと輝き、光が集束する。

「やっちまえーっ！」

ヒロちゃんＡｓが、盛り上がって叫ぶ。

その横でわたしは、じっと竜のことを見つめ続けていた。

「…………」

それに気付いたかのように、竜はこちらを見上げた。

目が合って、心臓がドキリと脈打った。

「ハッ!?」

狭まったサーチライトの中心から、竜はこちらへ向かって跳躍した。サーチライトは、急に竜を見失って、戸惑うように揺れている。

「ウッ！」

ジャスティンは、その事態に一旦《いったん》、砲を下ろすが、素早く構え直すと、2連続で照射した。

が、それをすり抜けて竜は高速で上昇し、まっすぐこちらに向かってくる。

「あああっ!!」

わたしとヒロちゃんＡｓは、その圧迫感に気が動転して動けない。

猛スピードで竜が迫る。

ぶつかる！

「きゃあああっ!!」

悲鳴を上げた。

だが竜は、わたしたちの横をギリギリで擦り抜けた。少し遅れて激しい突風が巻き起こる。竜はそのまま上昇し、身を翻すと、セットの鉄骨にバンッと着地した。

ヒロちゃんＡｓは怒り心頭に発し振り仰いだ。

「ふっざけんなあのやろう!! ベルが怪我でもしたらどうすんのっ!?」

竜は鉄骨の１本を鷲掴《わしづか》みにすると、再びこちらに迫ってくる。

「あっ!!」

ぎくっと身を縮めるヒロちゃんＡｓとわたしのすぐ横を、竜は、猛スピードで擦り抜けた。

目標は、ジャスティス軍団の幹部たちだ。

「わあああああああ!!」

幹部たちは悲鳴をあげると、サーチライトを放り出して四方八方に逃げた。逃がしはしない、とばかりに竜は、鉄骨を頭上に振り上げて迫った。

サーチライトの光が消えて、あたりは再び闇に包まれた。

そこに残酷な打撃音と、幹部たちの痛々しい悲鳴だけが響いた。暗闇の中で何が起こっているのか。見えない恐怖が場を支配していた。

堪《たま》りかねたように、ジャスティンが叫んだ。

「扉を……、扉を開けろ!!」

その指示に従うように、球状スタジアムの隙間が開いてゆく。

明るくなると、倒されて動けない幹部たちの、悲痛な姿が見えた。

竜は、この短い時間に、何体のＡｓをフリーズさせたのだろう。

圧倒的な、強さだった。

ジャスティンは、顔をこわばらせながら、あとずさりした。

「こんな……、こんなことが許されていいはずはない……！」

竜は、手にした鉄骨を放ると、反動をつけて飛翔《ひしょう》した。

わたしはそれを、目で追って見上げる。

ジャスティンはリベンジを誓うように叫んだ。

「必ず奴をアンベイルする！」

そんな声などまるで聞こえないかのように、竜は天井のユニットの隙間から、スタジアムの外へ出て、どこかへ消えてしまった。

誰もいなくなった虚空を、わたしは、いつまでも見続けた。

「あなたは……、誰……？」

探索

毎朝、フーガと散歩に行く。

家から坂を下り、仁淀川の河辺を歩く。沈下橋を渡ったところから振り返ると、集落を朝日が照らしている。いつも見ているけど、毎日、少しずつ違う美しさがあると思う。新緑とか、紅葉とか、水量とか、雲の位置とか、霧の具合とか、光の帯のあるなしとか、蒸し暑さとか、寒さとかによって、いくらでも変わる。私はその美しさに見惚《みと》れる。

ふと気がつくと、フーガが、もっと遊んでほしそうにじっと見ている。

フーガは右足の先がちょん切れているけど、本人は気にしていない様子で、走ったり、跳ねたり、水に足をつけたりしている。それを見て私は、少しホッとしたような気持ちになる。

家に戻ってリードを外し、ご飯をあげる。そのあと縁側で足を拭《ふ》いてあげて、家の中に入れる。布を畳みながら、フーガに声をかける。

「じゃあ、行ってくるね」

父さんがガレージに出てきて、窺《うかが》うように聞いた。

「鈴。……晩ごはんは？」

私はカバンを肩にかけながら、目を合わせず首を振った。

「…………」

「たたきとか、作ろうか」

私は、もう一度、首を振った。

「…………」

「そっか……。わかった」

そう言うと、父さんは、車に乗って、仕事に出かけていった。

毎朝、私は父さんと、こんな気まずいやりとりをしている。

沈下橋を早足で渡りながら、スマホの画面をスクロールさせてニュースを読んだ。

《ベルのライブ、ハプニングで中止》とある。

「ああ、みんなゴメン……」

せっかく楽しみにしてくれていたのに、最後までできずに申し訳ない。今度はもっとちゃんと準備をして、楽しんでもらえるようにがんばんなきゃ……、などと考えて

いたら、

「あっ！」

橋の路面の窪《くぼ》みにつまずき、つんのめった。「ああっ！」バタバタと手を動かしてふんばった。でも間に合わず、あえなく顔からコケた。

「うっ！ 痛《い》ったあ……!!」

おでこが赤く腫《は》れた。

落ちたスマホ上のベルのおでこにも、ぶつけたような赤い跡が出る。デバイスが炎症反応を拾ったのだ。

『U』のボディシェアリング技術は、私とベルを、生体情報でつないでいる。

「ベルのせいじゃないよ！」

ヒロちゃんの甲高い声が廊下まで響いた。

「竜でしょ、悪いの！ マジでアンベイルされちゃえばいいのに!!」

朝のおでこの腫れは、午後になってずいぶん引いたようだった。それを確かめながら私は言う。

「なんで嫌われるようなことするんだろ？」

「カッコつけてるだけでしょ!?」

　ヒロちゃんは、怒りをぶつけるように、ホワイトボードに物理の問題の答えを書きなぐっている。この問題は、物理の寺田《てらだ》先生が生徒を試す目的でわざと書き残しているものだった。ヒロちゃんはその挑戦を受けて立っている。

「何か理由があるのかも」

「どうせハッタリだよ！」

「そうかなー」

　私はその答えにいまいち納得できない声を出す。

「じゃあどんな奴か、わたしらでベールを暴いてやろうよ」

　ヒロちゃんは解答を書き終え、その横に、キュッキュッ、と力強く斜線2本を引いた。どんな難しい問題も解いてみせる、と言わんばかりに。

　教室を出たところで、カミシンと出くわした。

「お、鈴ちゃん」

「あれ？　カミシン、リュック大きくない？」

　カミシンは、キャンプでも行くみたいなリュックを背負っている。

「これから遠征」

「遠征？」

　そこへ段ボールに包まれた大きな荷物を背負子《しょいこ》で背負ってやってきたヒロちゃんが、

教室の出口をギリギリで通り抜けた。

「おや？　別役さんも？」

「一緒にしないでよね！」

　私とヒロちゃんは、学校を出て汽車に乗った。

　ヒロちゃんは大きすぎる荷物を座席に下ろすと、トートバッグからすぐにｉＰａｄを出して説明を始めた。

「『Ｕ』のＡｓってデバイスが常時スキャンする本人の生体情報と連動しているから、例えば、Ａｓを２つ持ったりできないのが前提ね」

「うん」

「その上で、ネット全体を探したけど、７ヶ月前に『Ｕ』の武術館に現れたって事実以外、国籍年齢性別その他一切の記録なし」

「じゃあ探しようがない？」

「本人についてはね。でも今まで対戦した相手が誰かなら記録が残っている」

「なるほど」

「竜の７ヶ月間の戦績は、３６９勝３敗２引き分け。この３７４人の対戦者のうちのほとんどが『Ｕ』と紐付《ひもづ》けられたＳＮＳを公開してる。１人ずつ聞き込みしたら、何か見えてくるかも」

汽車を降りて、バスに乗り換えた。

停留所で降りて仁淀川沿いにしばらく行くと、夏の山々の中に、私が卒業した小学校がある。聖歌隊も練習に使っている、あの廃校になってしまった小学校だ。

ヒロちゃんには、先に2階の教室に上がってもらった。荷物が重そうなのに、階段を踏みしめて、ひとりでぐいぐい上っていく。

過疎化や人口減少のため廃校になった学校は、そのまま放置されるか、物置がわりに使われ錆《さ》び付いていくところが多い。が、中には体験施設や宿泊施設に生まれ変わる例もある。ここは幸いにも、地域のコミュニティセンターに転用されていた。私は受付で、教室の使用申請書に記入した。

「自習室使用します、と」

それから注意事項の説明を受けた。備品使用は基本的に自由ですが、譲り合って使ってください。大地震などの災害時は、各部屋に防災用ヘルメットが備え付けられていますので、それをかぶって避難してください、等々。

終わって、2階の教室に上がった。

「……あ」

と目を丸くして見た。

大型ディスプレイモニターを中心としたマルチモニターが次々と立ち上がった。まるで秘密基地だ。ヒロちゃんは、段ボールに包んで持ち込んだ自前の高性能大型筐《きょう》体《たい》PCに、これらの使われなくなった学校の備品を接続した。私が教室使用申請をするわずかな時間のうちに、ヒロちゃん家《ち》の応接間のシステム環境を、そのまま移設してしまったのだった。

「すごい……！」

私は思わず唸《うな》った。

ヒロちゃんは、自慢げに白い歯を向けた。

「シシシシ！」

メインモニターの世界地図に、３７４人の対戦者が表示された。

ヒロちゃんＡｓが彼らに聞いた。

「竜と対戦したみなさんに質問です。彼って何者？」

フィラデルフィア付近でアイコンがポップアップした。虎面の筋肉レスラー風Ａｓだ。

《謎の存在。Ａ・Ｉでないことは確か》

そのアイコンがひっくり返ると、Ａｓのイメージと全く違う、猫を抱く細身の青年の姿が現れた。素顔を見せて、気さくに話してくれる。

　フランス、ドーバー海峡付近で、全身緑色のムチムチ妖怪《ようかい》ファイターＡｓがポップアップした。

《執拗《しつよう》に攻め立てる。性格最悪》

　ひっくり返ると、その素顔は、金髪の若い快活な女性だった。

　インド、ムンバイ付近で、神鳥ガルーダ風Ａｓが、首を捻《ひね》る。

《なぜそこまでするかわからない》

　素顔は、眼鏡をかけた優秀そうな若い医者だ。

　中国、深圳《しんせん》付近の、岩男《いわおとこ》的Ａｓが言う。

《私は最初期の対戦者だけど、体のアザは今ほど多くなかったよ》

　素顔は、優しそうな中年警察官だった。

「じゃあ、戦って増えていった？」

　私は、画面に問いかけた。

　ヒロちゃんは、全対戦者から、3人の勝者だけをピックアップした。

「数少ない勝者のみなさんに尋ねます。なぜあなたたちは、竜に勝てたの？」

《突然、投げやりになった》

　と、ロサンゼルスの青年が答えた。

《別のことに気を取られていたみたいだった》

モスクワ30代女性も、コメントした。

もちろん全ての対戦者が、自分の居場所を公開しているわけではない。プロフィール不明者の一群の中に、３人目の勝者のアイコンがポップアップした。

「あ、天使……」

粉雪の夜、ベルを励ましてくれた、あの天使型のＡｓだった。

「あなたは？　何かないの？」

ヒロちゃんの問いに、天使Ａｓは、無言のフキダシを出した。

《…………》

かと思うと、アイコンごと、フッと画面から消えた。

「あ……」

行ってしまった。ヒロちゃんの口調がちょっときつかったから、怯《おび》えて消えてしまったみたいだった。ヒロちゃんは苛立《いらだ》っている。

「もうっ！　ウワサでも誰か知らないの？」

《さあね》《でもあいつかも》《あいつか》《アザが似てるし》

次々とポップアップして話すＡｓたちの会話が、錯綜《さくそう》する。

「あいつって誰？」

いくつかリンクが上がる。そのうちのひとつをヒロちゃんはクリックした。ブラウザが立ち上がり、画像検索結果が表示された。

悪そうな目つきでこちらを睨《にら》む、白人の若い男。

「名前はイェリネク（Jelinek）。無名の現代美術アーティスト」

メッシュの入ったストレートの長い黒髪が、いかにも芸術家らしい。

ウェブサイトへ移動する。

トップページには、青白い肌に彫られたタトゥーを見せる本人の写真が、まるで彼の作品のように掲載されていた。確かに、竜のアザに形も色もびっくりするほどよく似ているし、場所も同じ背中だった。

そのサイトには、SNSの画像も埋め込まれていた。自身のペインティング作品や、眼鏡をかけたガールフレンドらしき女性……、はいいとしても、なぜかぐしゃぐしゃになった自動車の事故現場、墓石の並ぶ墓地、などがある。なぜそんなものを人に見せるのか？　不気味だ。

「全身にアザをデザインしたタトゥーを入れ出したのは6ヶ月前。竜の登場とも時期的に符合する。そこから彼の作品価格が一気に20倍になった」

ヒロちゃんの調査報告に、私は唸った。

「怪しい……」

こんな人と絶対に話もしたくないし、関わりたくもない。

「あ」

「ん？」

「エージェントの連絡先がある」

「え？」

「直撃するよ」

「えっ？　マジ？　ちょっと！　あ！」

待って、と言う間もなく、ヒロちゃんはビデオチャットの通話ボタンを押していた。

呼び出し音が鳴る。ああ、どうしよう、さっきは絶対話したくないって思ったばっかりなのに。

エージェントを経由して、イェリネクはビデオチャットに出た。

こちらは遅い午後、向こうは夜だ。

「話すことはない」

イェリネクは、アトリエで不機嫌そうに言った。自動翻訳の音声越しでも苛立ちが伝わってくる。絵の具だらけのエプロンをつけ、絵の具のついたハケを手に持っている。制作中のようだった。Ｔシャツの袖《そで》の下から覗《のぞ》くタトゥーの模様は、確かに竜のアザに似ている気がする。

声色を変えたヒロちゃんは、ズバリ聞いた。

「タトゥーの意味は？」

「お前たちこそ誰だ⁉」

「昨日の夜、どこで誰と何をしていた？」

イェリネクが喚《わめ》いても、ヒロちゃんは冷静だ。

自動で二画面モードになり、私たちの姿が画面に大写しになる。防災ヘルメットに大きめのマスク、前髪で目元を隠し両手を鼻の前で組む、得体の知れない不気味な女二人組だ。動揺するのも無理はない。

我慢できないというように頭を左右に振るイェリネクは、突然怒りに任せて、手のひらで画面を塞《ふさ》いだ。

「いいかげんにしろ！」

「なぜ言えない？」

「うるさいっ！」

プツッ、と画面が途切れた。「退出しました」の文字が表示される。

私たちはマスクを下げた。ヒロちゃんが呟《つぶや》く。

「間違いなく何か隠してる」

さっきのリプレイがスローで再生される。画面を塞ぐイェリネクの凶悪な表情が、大写しになる。

　翌日も私たちは、廃校の自習室で、世界中を捜索した。

　家から持ってきた紅茶を淹《い》れ、ポットカバーをかぶせて保温した。ヒロちゃんはお皿を持って紅茶を飲みながら、世界中のＡｓたちに聞いた。

「他に誰か思い当たる？」

《さあ》《でも性質が近い奴ならいる》《同じようにムカつかせる奴》《すぐに傷つけられたって言う》《確かに彼女かも》

「女性？」

　私は、顔を上げた。竜が男性とは限らない。

　早速、ヒロちゃんが画像検索する。

　悪そうな顔つきの、太ったアジア系の中年女性が現れた。

　毛皮のコートに大きなサングラス。威嚇するように歯を出して笑っている。

「彼女の名は『スワン（Swan）』。いろんなＳＮＳにいくつもアカウントがあって、粘着質な書き込みしたり喧嘩《けんか》ふっかけたりイカれた発言振りまいたり。『傷つけられた』がお決まりの口癖。残忍に相手を追い詰める執念はまさに『怪物』ね」

　彼女が書き込んだであろうＳＮＳのスクリーンショットが次々と出て来た。英語、中国語、マレー語……。読めないけど、とてもひどいことを書いてあるのが、なぜだか伝わってくる。

「ヤバい……」

「あ、ミーティングＩＤ発見」

「え!?」

「繋《つな》ぐよ」ヒロちゃんが、制服のネクタイを外しながら言う。

「待って！　待って待って!!」

姿を隠せるものはないか、紅茶を置くと慌てて周囲を探した。今日は手の届くところにヘルメットがない！　ヒロちゃんは手早く髪をまとめ黒縁メガネをかけ、口紅まで塗っている。私には何もない。ヤバい！　呼び出し音が響く。ああっ！

ビデオチャット画面に、スワンが映し出された。

先ほどのウェブ画像の顔つきとはまるで違う、上品な雰囲気と丁寧な言葉遣いの女性だった。むしろ控えめとすら思えた。黒髪、銀縁メガネ。ノースリーブのワンピースは派手だが嫌味のない色だ。吹き抜けのある広いリビングの奥には、20人は座れそうな長いダイニングテーブルセットがあり、グラスや食器、生花が並べられている。

スワンは、柔らかい笑みを浮かべて言った。

「その日は、お誕生会でした」

「お誕生会？」

編集者に変装したヒロちゃんが聞き返す。

「ええ主人のです。準備が大変でしたけど、娘たちもケーキを焼くのを手伝ってくれて」

「あ、今SNS拝見してます」

「あら」

SNSには、二人の幼い娘が、焼き上がったケーキを見せている姿がアップされている。スクロールすると、口髭《くちひげ》を整えたダンディーな父親に、娘たちがしがみつく画像もある。

「仲の良いご家族ですこと」

「でもいいんですか？　ワタシなんかが『理想の主婦』をテーマに取材を受けるなんて」

遠慮がちなスワンに、ヒロちゃんはねっとりとしたビジネス口調で盛り上げた。

「いえいえ、読者にも幸せをわけていただきたいです。では詳細決まりましたら連絡差し上げます」

ビデオチャット回線が切れた。

ポットカバーを頭から被《かぶ》って身を隠していた私は、ホッとして顔を上げた。

「ぜんぜんヤバい人に見えなかったけど……」

ヒロちゃんは髪を解《ほど》き、イヤリングを外しながら言った。

「今彼女の言ったこと、全部嘘。夫も娘もいない。ケーキも配達」

「ええっ!?」

「家の前のライブカメラには何ヶ月も Amazon と Uber Eats 以外映ってない。SNSの写真も全部ストックフォトで買ったやつ。これも、これも、これも」

焼き上がったケーキ、二人の幼い娘、ダンディーな父親……。あんな大きな家にたったひとりで住む大金持ちが、SNSで家族がいることを偽装する。

背中がゾッとした。

「ヤバい……なんでこんなことするの?」

スワンは、世界中のSNSに、様々な言語で、

《You hurt me》(あなたはワタシを傷つけた)

と、書き込み続けている。

ヒロちゃんは冷静に分析した。

「アリバイもないし攻撃性も半端ない。もしこの書き込みが、あのアザのことを指すのなら……彼女が、竜」

傷つける……。竜の背のアザ……。もしかしたら……。

匿名掲示板の「竜の正体探しスレッド」では、真偽の定かでない情報が折り重なる。
《ジャスティスのみなさん、どれだけ課金したら他人をアンベイルできるアイテム手に入んの？》
《アホか。課金じゃなくシステムの脆弱性《ぜいじゃくせい》でしょ？》
《でもなぜ彼らが一般より上位の権限を持てるの？》
《『Voices』様、早く修正して下さい》
《竜をアンベイルしてから》

カリフォルニア、アナハイム球場。

ワイルドビースツ（Wildebeests）の外野手フォックス（Fox）は、右のバッターボックスで、狙い澄ました球をバットの真芯《まっしん》でとらえ、アッパー気味に振り切った。

「オオオオオ!!」

観客は熱狂的な歓声を上げた。

「去年のワールドシリーズにも出場したＭＬＢの強打者、フォックス。彼はすごい人気だけど、実はとんでもない秘密を隠してるって噂がある」

古老の野球評論家は、仕入れたばかりの品を自慢するように言った。

「噂？」

長寿番組の司会者は、促すように耳を傾ける。

ホームランを打ったフォックスの空を見上げるさわやかな髭面《ひげづら》が、スタジオの大型モニターに映し出されている。

野球評論家は内緒話を教えるように、少し小声になって言った。

「いつも紳士的な彼だが、その仮面の下には乱暴者の顔があるって」

モニターは、スライディングキャッチするフォックスのダイナミックな写真から、チームの練習風景へと変わった。チームメイトたちが、強い日差しに肌を晒《さら》すようなシャツ姿で談笑しているのに対し、フォックスだけは、長袖《ながそで》パーカーにフードを被り、誰とも交わらずにひとり黙々とランニングしている。彼の異質さが極めて印象に残る写真だ。

野球評論家は続けた。

「練習中にも決して上着を脱がないのは、その下に大きな傷がいくつもあるからだって」

「え〜〜〜」

スタジオ観覧の客たちから、驚きと不安の声が上がる。大きな傷？　意外。まさか信じられない。なんで？　彼は本当に危険なの？　傷ってどんな？

司会者は、その声を的確に代弁してみせる。

「人気者っていうのは誰でも必ず裏があって、そのたびに私たちをひどく幻滅させるものさ」

「あ〜〜〜」

客たちが、納得と安心の声をあげる。人気者なら、私たちの知らない別の顔があっても仕方ない、とでも言うように。いずれ彼が暴行容疑で逮捕される日が来ても、今ここでうなずいている客たちは決して驚かないだろう。ああ、最初から彼を怪しいと思っていたよ、と家族や友人たちに言うだろう。

大型モニターの中で、フォックスは弾《はじ》けるような笑顔を見せていた。

その番組を録画したヒロちゃんが、あとで見せてくれた。

私はフォックスの青い目を見つめた。

——その下に大きな傷がいくつもあるからだって。

野球評論家の言葉が、リプレイする。

傷……。

彼が、ひょっとしたら……？

「どうも。ひとかわむい太郎です」

「ぐっとこらえ丸です」

ひとかわむい太郎は、たよりない犬がTシャツを着たようなキャラだ。

ぐっとこらえ丸は、たまご型のキャラで、頭が割れてヒビが入っている。

二人でYouTubeをやっている。

ひとかわむい太郎は、ぐっとこらえ丸に聞いた。

「君知ってる？」

「何が？」

「今子供たちに大人気のＡｓがいるんだ」

「なに？　あっしよりもか？　誰だ？　誰なんだーっ？」

「人気者だっけ？　あんたsince 1990でしょ」

竜の画像がドーン!!と出て、二人はひっくりかえる。

「わあっ!!」

「正解は竜です」

「あの嫌われ者がなんで？」

ぐっとこらえ丸は、竜の画像をパンチする。

世界中の子供たちから、一斉にフキダシが送られてくる。ライブ配信中なのだ。選ばれた子がスマートフォンを通じて二人と会話する。

ひとかわむい太郎は、登場する子の名前と年齢を読む。「Aileen ちゃん13歳、Omari くん10歳」

子供たちは、興奮した顔つきで、二人に教えた。

「竜の隠れ家は『城』って呼ばれてる」

「誰が一番に『城』を見つけるか競ってる」

ひとかわむい太郎は次の子供たちの名を読んだ。

「Camille ちゃん16歳、Jake くん13歳」

「見つけてどうすんだい？」

ぐっとこらえ丸は、子供たちに聞く。

「一緒に写真撮る！」

「握手してもらう！」

「次。Charlie くん18歳、Leo くん9歳」

「悪い奴だろ？」

「悪役なのがかっこいい」

「喋《しゃべ》んないのに強いところ」

「次。Tomo くん11歳、Kei くん14歳」

「恐くねえんか？」

「竜は、ね。僕の……ヒーロー……なんだ……」

Tomo くんは肌が白い子だった。なぜか首を傾げている。

「首、いたい？」

尋ねても、Tomo くんは虚《うつ》ろな目をさ迷わせているだけだった。どこか普通と違う感じだ。仕方なくぐっとこらえ丸は、もうひとりの黒い服を着た Kei くんに呼びかけた。

「うしろの子、こっち向いて」

「…………」

Kei くんは、最後までこちらを向かなかった。

私は、その動画をベッドの中で見ていた。

「ヒーロー……」

ＳＮＳでは嫌われ者の竜も、子供たちにとってのヒーローなのだ。いったい何が真実なのか。

今のライブ配信動画を停止すると、関連動画が並ぶ。その中に、さっきの肌の白いTomo くんが映る動画を見つけた。選択してみる。

「ええ。私たち三人家族、とても仲良しで母親がいなくても元気いっぱい」

二人の子供の肩を抱く父親は、眉毛《まゆげ》が太く堂々としていて、頼り甲斐《がい》がありそうな人だ。Tomo くんは、やはり虚ろな目をして、両手の指を絡ませたりしていた。黒い服を着た Kei くんは下を向いて黙ったままだ。いろんな事情の、いろんな家族がいる。うちだってそうだ。でも、うちは仲良しではないし、元気いっぱいでもない。

「お互い支え合って、毎日楽しく過ごしています」

動画の中で、その父親は子供たちを見比べて微笑んだ。

「…………」

うちは、支え合ってもいない。

あるチャットサイトでは、貧乏そうな若い男が、自室から中継していた。

「竜とは昔からのワル友達さ」

と、スマートフォンの竜の画像を、カメラに見せた。

別のダーク系サイトでは、着ぐるみの頭部をかぶった若い男が、ラリっているように頭を揺らした。

「竜と俺は、すげえ気が合うんだ」

いかがわしいサイトで、セクシーな水着をつけた若い女たちが、ピンクの照明を当てたキングサイズのベッドに寝そべりながら中継している。

「実は、竜ってすっごいお金持ち。ゴージャスなお屋敷のこと知りたかったら、いっぱいクリックしてね」

と、挑発的ポーズで尻《しり》を振った。

その画面端に、コメントが続々と投稿される。

《こいつらの言うことは全てデタラメ》《騙《だま》されるな》《真実はこのリンクから↓》

自分は竜の友達だ、とか、竜の秘密を知っている、と言う者が、日を追うごとに増えていく。

真偽の定かでない情報が錯綜《さくそう》する。

《竜って誰？》《誰？》《誰なの？》《誰だ？》

竜に関する噂は、どんどん膨れ上がってゆく。

無数にきらめく『Ｕ』の街並みに、Ａｓたちのざわめきが、どこまでも増殖し続けていった。

《竜の正体は？》《誰だ？》《誰？》《誰》……。

お年寄りたちが、ざわめいている。

うちの近所にある『ふれあいの里』には、その日駐車場に移動スーパーが来ていて、みんな買い物で群がっているのだ。

『ふれあいの里』は県の各地にある集落活動センターのひとつで、地域の人が自分たちで自主的に運営し、特産品を売ったり宣伝したりしている場所だ。

食事も出している。

ホワイトボードのメニューに、『ごはんとおかず　４００円』とある。

私とヒロちゃんは奥の席に陣取った。ヒロちゃんは最初に連れて来た時からここがえらく気に入っていて、今日も常連のように二本指を立てた。

「筒井《つつい》のおばあちゃん。『ごはんとおかず』ふたつねー」

「はいよー」

筒井のおばあちゃんは、曲がった腰で厨房《ちゅうぼう》に入っていった。おばあちゃんの作る料理は最高だ。私がまだ小学生だった頃にお歳を尋ねたら85歳と言っていた。いま尋ねても85歳と言う。本当は？　などと考えてはいけない。そのくらい元気、ということだ。

待っているあいだ、ヒロちゃんはスマホでニュース動画を私に見せた。

イェリネクが、大勢のマスコミの中心で深刻げに語っている。

「売名行為だなんて根も葉もない噂だ。私は、最愛の人を事故で亡くし、今も深い哀しみの中にいる。恋人が負った傷と同じ場所に、タトゥーを入れたんだ」

墓石の前で跪《ひざまず》き、顔を覆って泣く彼に、たくさんのカメラが向けられている。

ウェブサイトにあった墓地の画像を思い出した。一緒の場所だ。あの自動車のぐしゃぐしゃになった事故現場で、眼鏡をかけたガールフレンドが亡くなった、ということなのだろう。私は、彼の意外にセンチメンタルな側面に、目を丸くした。

「へぇ～っ。みんな、人には言えない秘密があるんだねぇ」

素直な感想を言ったつもりだった。

が、ヒロちゃんは呆《あき》れた目で見ている。

「おめでたいな。そう思い込ませてもっと大きな秘密があるんだよ」

「疑《うたぐ》り深い」

「当たり前じゃん。問題は本当に隠してるのは何かってこと」

「誰にでも秘密はあるよ」

「鈴もそうじゃん」

「ヒロちゃんだって」

「わたし？　秘密なんかないよ」

「だってヒロちゃんのスマホの待ち受けって」

突然ヒロちゃんは顔を真っ赤にして取り乱した。

「ちょっちょっちょっちょっ」

「寺田先生、物理の」

「ちょっとこんなとこでやめてよもー」

スマホを胸に抱き、ヒロちゃんは小声で言った。

ちょうど筒井のおばあちゃんが、お盆をふたつ持ってきた。

「はい、ごはんとおかず」

ヒロちゃんのスマホの待ち受けには、黒板いっぱいに書かれた物理問題の解答と検証の前で微笑む、寺田先生の姿がある。

「べ、別に先生からしたらわたしなんか路傍の石だよ」

赤くなった頰に両手をあてて、ヒロちゃんはうつむいた。

「お父さんやお母さんに絶対言わないでよ。わたしのこと、いい子だって信じ込んでるんだから」

「言わないよ」

「もしバレたらお母さん泡吹いて死んじゃうかも。こないだもさぁ、あ――」

そこでヒロちゃんは、言葉を止めた。

「――ごめん」

「ううん」

口の前で手を合わせて、済まなそうに言う。

「ホントゴメン」

「そうじゃない。ヒロちゃん、ちゃんとお父さんやお母さんと話してるんだな、って思って」

私は『ごはんとおかず』を見つめた。野菜の天ぷら、豆と豆腐の煮物、野菜の汁物、おひたし。ごはん。

「うち逆。かあさんが死んで父さんとふたりなのに、家でほとんど話さない」

できるだけ顔を合わせないようにしている。父さんも私に気を遣って距離をとっている。でも、このままでいいのかな？　ふたりしかいないのに、別々にごはんを食べるってどうなのかな？

ヒロちゃんは私をじっと見つめて、ポツリと言った。

「……わかってるよ。だからつきあってんじゃん」

それから素早く箸《はし》を掴《つか》み、猛然と食べはじめた。ガツガツと音を立てて私に聞かせるように。

「ほら、しょんぼりしてないで食べよ」

促されて箸を手に取り、ごはんをちょっとずつ食べた。ヒロちゃんは口をごはんでいっぱいにしたまま、振り返って二本指を立てた。

「おばあちゃん！ そうめんふたつ追加!!」

「はいよー」

筒井のおばあちゃんが、厨房から顔を出した。

おばあちゃんの作るそうめんは、絶品なのだ。

ヒロちゃんAsは、新しい情報をキャッチした。

『U』の大河のようなメインストリームから離れて、雲海を目指してゆくと、たくさんの小さな島が浮いているのが見える。それは『U』の初期に稼働をしていたユニットだと言われている。稼働を停止し、閉鎖された昔のインターネットサービスの残骸《ざんがい》だ。そのうちのひとつに、『竜の城』が隠れているという。

わたしはフードを頭からかぶり、怪しいユニットのひとつへ向かった。

「あっ」

人影を見て、咄嗟《とっさ》に、柱の陰に身を隠した。

ジャスティス軍団の隊員たちだ。何かを探している様子だったが、やがてどこかへ行ってしまった。彼らも同じ情報を入手して、探しに来たのかもしれない。

柱の陰を出て、見回した。

「……ホントにこんな廃墟《はいきょ》に『城』なんてあるの？」

「今度は間違いないって！」

「じゃあなんでついてきてくれないの？」

ヒロちゃんＡｓはこの場にいない。

「寺田先生の補講。あとで録画見ておくから。じゃ！」

「もう……」

メインストリームと同様に、ユニットは「高層ビル」と「公園」の、ふたつの区画に分かれていた。公園といっても、本物の緑があるわけではない。針葉樹のような四角錐《かくすい》が並び、丸いパーツで敷き詰められた広場だ。それも所々抜け落ちていたり、立体が破綻《はたん》していたりする。そんな残骸の間をゆっくり進み、高層ビル群区画へのゲートを通り抜けた。

そのとき、唐突に声がした。

「探シ物デスカ？」

廃墟のビルの谷間を通るメインストリートの中心で、何かがこちらを見ている。

美少女と白いナマコが合わさったような不思議な生き物。ふわふわと漂っている。

美少女の体がナマコ、というべきか、それともナマコの顔が美少女、というべきか。

「……だあれ？」

「ワタシハ、A・I。何デモワカリマス」

ピンクの髪にかわいいヒトデのアクセサリーがついている。強いて言うなら「人魚」だろうか。

試しに尋ねてみた。

「……お城を探しているの」

人魚A・Iは、背中の触手を、泳ぐようにゆらゆら揺らして笑った。

「ソウダト思ッタ」

「え……？」

人魚を中心に、一瞬で風景が変わった。

いつの間にか、見事な滝が目の前に落下している淵《ふち》に、わたしは立っていた。

「……ここに？」

お城があるのだろうか？

しかし人魚は答えず、触手をゆらゆら揺らして、そのまま行ってしまった。

「あ、待って」

後を追ったが、すぐに見失ってしまった。

「どこ……？」

木の幹や根が複雑に絡み合っていて、とても歩きづらい。先へ進むのを拒んでいるようだ。深い原生林の中を彷徨《さまよ》いながら、完全に迷子になった。

「ハァ……ハァ……」

厚いコートの下が汗ばんでいた。フードが枝に引っかかる。道があるわけではない。どこに辿《たど》り着くかもわからない。それでも動かなければ、この迷路を出ることすら叶《かな》わない。わからなくとも前に進むしか選択肢はなかった。

「ハァ……ハァ……」

大きな岩に木の枝や幹が複雑に絡みついている奇妙な木の前に出た。岩を抱いているのか、それとも岩を絞め殺そうとしているのかはわからない。そこに立ち止まって、途方に暮れていた。そこへ、

「オ困リデスカ？」

と、声がした。

「……あ」

美少女とシャコが合わさったような不思議な生き物が、こちらを見ている。

さっきとは違う人魚だ。たっぷりとボリュームのある緑色の巻毛、腰にチュチュのようなフリルを着けている。この子もA・Iなのか。

わたしはまた尋ねてみた。

「……お城を探してるの」

人魚は、6本の足をゆらゆらさせて笑った。

「ソウダト思ッタ。アナタダケニ、教エマス」

「あの……」

言葉を挟む隙もなく、一気に別の場所に飛ばされた。

海岸だった。

見渡す限り何もない、遠浅の真っ平らな海岸だ。風が強い。

砂浜が濡《ぬ》れて、雲が映り込んでいる水鏡の上を歩きだした。どこへ向かえばいいかもわからずに。見渡しても、水平線と地平線の境目しか見えない。

「ハァ……ハァ……」

ひたすら歩いた。本当に先へ進んでいるのか、わからなくなってくる。また迷子になってしまった気分だった。先程の原生林の迷路とは比べるまでもなく歩きやすいが、どれだけ歩いても風景が変わらず、精神的には追い詰められる。無駄な努力をしているような気持ちになる。

「ハァ……ハァ……どこ……？」

本当に城などあるのだろうか？

そこへまた、唐突に声がした。

「オ困リデスカ？」

砂浜に色とりどりの貝殻が積み上げられている。その陰から、美少女と細長いイソギンチャクが合わさったような不思議な生き物が、こちらを見ている。

「え？」

ピンク色のやわらかそうな管の端から、小さな顔を出している。反対側は4つの指があって、爪の先はネイルアートで彩られている。

人魚は、わたしが尋ねる前に、まるで気を利かせているみたいに言った。

「オ城ノ場所デスネ？　他ノ人ニハ内緒デスヨ」

「あ、待って！」

呼び止めたが、間に合わなかった。

あっという間に、目の前は真っ白な雲に覆われた。

「あ！　どこ、ここ？」

どこもかしこも白一色で、上も下もわからない。これでは迷子どころではない。強い不安が襲う。

「何も見えない！　ああ……」

このまま消え去ってしまうのではないか。恐怖が込み上げた。

そこへ、

「ばかダナ、騙サレテ」

声がして、ハッと振り向いた。

「……え!?」

一面の雲海に、ふわふわ浮いているものがある。

「……あ」

天使Ａｓだった。白くてやわらかそうな翼を、ゆらゆらさせている。

「ソレジャ、イツマデ経ッテモ見ツカラナイヨ」

「あなた……、お城を知っているの？」

「ソレヨリ、僕ト、遊ボウヨ」

少しずつ雲が晴れて、その向こうに山々の姿が見えてきた。光差す斜面に沿って、細い道がずっと先まで延びている。

「サア、コノ道ヲ、ツイテ来テ」

天使Ａｓは、誘うように身を翻して、行ってしまった。

「あ……待って……!!」

追いかけるように歩み出した。すると、山々のもっと上の方、湧き立つような雲の向こうに、何か巨大なものが隠れているのがわかった。わたしはそれを凝視した。雲が少しずつ、ゆっくりと晴れてくる。

その隙間から、建造物の一部らしきものが見える。あれはなんだろう？

不思議な文様。奇妙なフォルム。それは――。

「……城……!!」

　そこは、本当にヒロちゃんＡｓの情報の通り、竜の城なのか？

　確信が持てないまま、大きな扉に手をかけた。

　ギギギ……。

　開いたわずかな隙間に、天使Ａｓが滑り込むように入って行った。

　わたしもこのまま入っていいのだろうか？　躊躇《ちゅうちょ》しないではなかった。が、竜の城を探すためにやってきて、苦労してここまでたどり着いたのだ。勇気を奮い起こし、大きな扉を開けた。

　ギギギギギ……。

「誰かいますか？」

人の気配はない。

もっとよく目を凝らした。闇に、徐々に目が慣れてくる。格子柄に敷き詰められた大理石の床に、ヒールの音が響いた。吹き抜けの広いエントランスの中央には、中世の城みたいに大階段が聳《そび》えている。

「わああ……」

見上げて、思わず声が出た。

だがよく見ると、高い天井や太い柱には、奇怪なフォルムのディテールが刻まれている。中世の建築様式と似ているようで、実はまるで違うのではないだろうか？ それに所々ブロックノイズのようなものが見える。データが破損したまま放置されているのかもしれない。

「早ク」

天使Ａｓが、階段の上で急《せ》かす。

「あ……」

追いかけて早足で上った。

どこからか、少女たちがひそひそと囁《ささや》くような声が聞こえた。

「何デ入ッテ来タノ？」

「邪魔シテヤッタノニ……」

わたしを迷わせたあの人魚たちだ。バルコニーの柱の陰に隠れている。間違いない。奥に進み、長い廊下を歩いている時も、ひそひそ声は聞こえてきた。おどろおどろしい彫像の裏だ。

「ドウショウ？」

「ゴ主人様ニ、怒ラレル……」

その声に気づかないふりをして、先へ進んだ。

天使Ａｓに導かれるように、中庭に出た。中心にあるオベリスクのような四角柱が、途中からキューブ化してくるくる回っている。ここでもデータが破損したままだ。だがわたしは、全く別のものに目を奪われていた。

バラだ。

デジタルの廃墟《はいきょ》に乱れ咲く、バラの花だった。

「……きれい」

本物と寸分違《たが》わない。白、赤、桃色から、深紅、黒まで、見事な色を放っている。

フードを頭から外して近づいた。特有の甘く芳《かぐわ》しい香りが鼻腔《びこう》に広がる。

「ボクガ、育テタヨ」

天使Ａｓは、自慢したくてたまらないふうに言った。「秘密ノ、バラ……」

「秘密？」

その言葉に、聞き返した。

バラの一輪を手に取ってみる。

「秘密ってどんな？」

尋ねたが、返事がない。

そのかわり、獣の唸《うな》り声のようなものが、すぐ背後に迫ってくるのが聞こえた。

「ハッ⁉」

振り返ると、柱の影の中から、竜が現れた。

「ナゼココニイル⁉」

「あ……！」

突然のことに、こわばって動けなかった。

竜は、苛立《いらだ》つように素早く回り込み、わたしとバラの間に割って入った。

「ナゼ勝手ニ入ッタ⁉」

「それは……、彼に導かれて……」

「出テ行ケ‼」

竜は頭ごなしに大声を出した。

「でも……」

「出テ行ケ‼」

竜は、もう一度強調するように言い放つと、中庭から立ち去った。

わたしはその場で硬直して、しばらく動けなかった。膝《ひざ》が震えていた。

が、無理やり頭を振って正気を取り戻すと、

「……待って！」

長い廊下を行く竜を、早足で追いかけた。

「本当はわたし、あなたに聞きたいことがあって来た！」

竜は、ボロ布のような見窄《みすぼ》らしい服を着ていた。それでいて無数のアザの模様は、あの時の赤いマントと同じ場所に刻印されている。アザは、データとしての服を交換しても表示されるようだった。

「あなたは、誰？　あなたは……？」

が、竜はまるで受け付けずにずんずん進み、廊下から広い空間に出た。

「ねえ、答えて！」

竜は突然振り向いて、恐ろしい目つきで恫喝《どうかつ》した。

「出テ行カナイト、噛《か》ミ砕ク!!」

崩れかけたダンスホールの闇に、竜の声がこだました。

向けられた鋭い牙《きば》に、本当に食べられてしまうかと震えた。が、気持ちだけは負けないように必死に勇気を奮い立たせ、竜の目を睨《にら》み返した。

と、そこに、

「クーン、クーン……」

子犬の鳴いているような、弱々しい声がする。

天使Ａｓだ。

まるで枯葉が落ちるようにヒラヒラと降下し、そのまま風に吹かれたようにフラフラと行ってしまう。

「ドコヘ行ク……？」

竜は、困ったような声を出して天使Ａｓを追いかけた。先ほどとまるで違う、心配げな声だ。

その様子に、わたしは戸惑うしかない。

「クーン……クーン……」

「待ッテ……」

ダンスホールには円形に並ぶ十二個のゲートがあった、それぞれのゲートの上に特徴的な文様が描かれている。その中の、うずまき文様のあるゲートから、天使Ａｓは、鳴きながら出て行った。

竜は追いかける。わたしも、そのあとについていく。

城の、ひび割れた螺旋《らせん》階段を見上げながら上った。あちこちのデータが壊れてキューブ化していた。

上り切ったところにバルコニーがあった。途中で建築を放棄したように外壁データが剝《む》き出しになっている。

天使Ａｓは、鳴きながらそのバルコニーの外側に出ていった。

「待ッテ……」

竜は、落ちそうなくらいいっぱいに身を乗り出して、天使Ａｓを両手で優しく包んだ。そして、傷つけないようにそっと引き寄せた。

竜が手を開くと、天使Ａｓの両手で抱えた胸が、ドキドキするように点滅していた。壊れてしまいそうな繊細な声で、天使Ａｓは尋ねた。

「とらぶる……？　ネエ、とらぶる……？」

「違ウ。大丈夫。モウ、大丈夫ダカラ……」

竜は、優しい声で、答えた。攻撃的な見た目とは真反対の、繊細な思いやりを感じる。その後ろ姿を、わたしはじっと見つめた。

思わず、疑問が口をついて出た。

「……どっち？」

「…………？」

竜が、鋭い目でこちらを振り返る。

疑問を率直にぶつけた。

「あなたの、本当の姿は、どっち？」

「………………」

竜は、何も答えないまま、その場を立ち去った。

ズカズカと廊下を行く竜のあとを、早足で追った。

「待って！」

竜は角を曲がると、大きな扉を開け、部屋の中に入っていく。

「待って!!」

追いつく寸前、バン、と音を立てて扉が閉まった。

「………………」

わたしは扉に手をついて、途方に暮れるしかなかった。

竜――その本当の姿を、想いながら。

恋

「鈴が恋してる。それも、悪そうな男に」

聖歌隊の休憩時間、中井さんが唐突に言い放った。

「……あ、ああ!!」

私は、竜の城でのことを思い出し、アップライトピアノに手をついて、ぼーっとしていたのだった。指摘されて私の顔面は急速に真っ赤になり、しどろもどろになりながら慌てて抗議した。

「ちっ……、ちっ違うよっ!! なんでっ……!!」

中井さんが、証拠品を指差す探偵のように言った。

「顔に出てる」

言われて、赤い頬をハッと覆った。

「……!!」

休憩中の女性たちは、ベンチに五人並んで、ニヤニヤしている。

喜多さんは、うちわをパタパタ扇《あお》ぎながら、

「中高生って悪い男好きだからね〜」

奥本さんが、ベンチの背もたれに両手を引っ掛けて、

「本当は優しくて寂しがり屋？」

中井さんは、コップから口を離して、

「わかってあげられるのは私だけ？」

アハハハハ、と顔を見合わせて笑った。

「だから違うって!!」

からかわれているとわかっても、否定せずにはいられない。でもそれが却《かえ》って指摘の正しさを証明することになるのかもしれない、と感じつつ。

畑中さんが、提案するように私を見た。

「何かプレゼントでも贈れば？」

「え？」

「私、高3の時オハイオ州に留学しててね。そこに、いつもひとりで寂しそうにしてる、鋭い目つきの男の子がいてさ」

「あら、一匹狼系？」

喜多さんが、うちわを口元にあてて乙女のように目を見開く。

　畑中さんは、少し肩をすくめて見せた。

「ちょっと気になってた子だったから『誕生日プレゼントあげる』って言って」

「何あげたの？」

「歌」

「歌？」

　女性たちが、声を合わせる。

　畑中さんは、私の方を見て言った。

「お祝いの歌。作って、彼の前で歌ってあげた」

「素敵」

　と、吉谷さんが胸に手を当てる。

「ラブソングじゃん」

「いつも笑わない彼がその時は嬉《うれ》しいって笑ってくれて」

「付き合った？」

「フフ。まさか」

「なんで？」

「だってその子、まだ中2だったんだもん」

「え〜〜〜っ!?」

女性たちは声を合わせて叫ぶ。

「でも帰国の時、空港で泣いてくれて嬉しかったな」

私は、畑中さんの美しい横顔を見つめた。高校生の頃の畑中さんも、きっと美しかったに違いない。そして当時その中2の彼は、どうしているのだろう。今も、畑中さんにもらったプレゼントを、覚えているだろうか？

学校帰り、鏡川沿いを歩きながら、考えた。

「ラブソングなんて、作ったことないけど……」

顔を上げ、あちこちを探すように見た。その日の鏡川は凪《なぎ》だった。文字通り、鏡のように街並みが映っている。対岸の川辺で遊ぶ子供たち。バドミントンする女性たち。山内《やまうち》神社の駐車場。老夫婦が仲良く歩いている。自転車とすれ違う。

何気ない日常の断片。

いつも通い慣れた道に、隠れた美しさを見つけられないか？

水面を行く二羽のセグロセキレイを、目で追った。

その飛翔《ひしょう》を見ながら、音階が浮かぶ。

セキレイが水面を離れ位置を入れ替わりながら上昇していく。それを目で追いつつ、私も一緒に自由になってゆく。

私はセキレイを振り仰いで、午後の太陽のまぶしさに目を閉じた。

目蓋《まぶた》の裏に、しのぶくんが、いた。バスケットコートでの姿。

ゆったりめの、8分の6拍子。

気持ちが乗って、ステップを踏む。

別のしのぶくんの姿が浮かぶ。手を握ってくれた感触。

川の上を、ゆっくり流れるように。

目蓋の裏に、竜が現れた。鋭く見上げるまなざし。

踵《かかと》を上げて、ダンスするみたいに回転した。

別の竜の姿が現れた。優しく繊細な声。

私は――、いや、ベルとしてのわたしは、竜のことが気になって仕方がない。

間違いない事実だ。

でもそれを、中井さんが言うように、恋と呼ぶのだろうか？

わからない。

恋。

恋なんて、全く関係なく生きてきた。

でも、ずっと隠していた心の場所がある。

そこに、ずっとある想い。

同じ場所から発しているものだろうか？

そうだとして――。

しかしそれに、どれだけの価値があるというのか。

私なんかが――。

でも、構わない。自由に。

思いを込めた。

たっぷりと余韻をとってから、目を開けた。

いつのまにか、柳原橋《やなぎはらばし》手前の水道橋のところまで来ていた。

「……………うん」

なかなか悪くなかった。静かでちょっと悲しい感じの曲かもしれない。でも、最近の中ではうまくできたと思う。

「記録しとくか」

スマホのトップ画面から何回かスワイプし、作曲アプリを立ち上げようとして――、不意に指が止まった。

「あれ……？」

トップ画面にスワイプで戻った。

ＳＮＳアプリの右上にある赤丸の数字が、異常な数を表示している。２００、２５

０、３５０……。

「なにこの数字……？」

ぎょっとして、アプリを押した。

発言が雪崩のように大量に表示されてゆく。

《あの子、しのぶくんと手、つないでたんですけど》《見せつけてんの？》《あの子がなんで？》《幼馴染《おさななじみ》だと》《だからって何やっても許されるの!?》《立場わかってない、調子乗ってる女に認定されました》

「な……、なにこれ!?」

高校の女子グループSNS内で、私のことが凄《すさ》まじい速度で噂になっている。血の気が引いた。スマホを持つ手が震える。ひょっとして私、社会的に抹殺される寸前ではないんだろうか!?

た、大変だ！

折り曲げた体を起こし、踵《きびす》を返すと、闇雲に走り出した。

どうしよう！

握った左手のスマホが震えた。こんなときに着信だ。走りながら電話に出た。

「鈴！」

「ヒロちゃん!!」

電話の向こうでヒロちゃんは問いただす。

「あんたまさかしのぶくんに告白した⁉」

「してないよっ‼」

「されたの？」

「されるわけないじゃん‼」

「じゃあなんで……」

「ただ、手を……」

「つないだの⁉」


そこは戦場だった。

グループコミュニティの内と外の、憶測と疑心暗鬼と身勝手と憎悪が複雑に交錯した曠野《こうや》。六角形が連なるマップ上の森や田畑、集落、川、海岸などの上で、クラスの女子たちの駒が一斉にひっくり返る。

全員、怒りモードの顔だ。

「つないでない！　握られただけ‼」

私は言い訳したが、彼女たちは次々とおはじきのように体当たりしてくる。ピロロン、ピロロン、と当たるごとに私のヒットポイントがみるみる削られてゆく。

「それだけ!?　なのにこの炎上、しのぶくんすげー。いかに意識されてるか証明されたね」

「私、何もしてないのに!!」

「これきっかけでいろんなとこに飛び火してる。媚《こ》びてる子も、媚びれなくてイラついてた子も、我慢して牽制《けんせい》し合ってたのが一気に噴出したって感じ。ギスギスすごっ。恐いよもー」

　あちこちで戦火が次々と上がっていく。同じような諍《いさか》いが起こっているのだ。そのうちのいくつかがバトルモードへ発展してしまった。のぼり旗を立てた歩兵騎馬が睨《にら》み合っている。別の場所で鉄砲を持った軍勢同士が睨み合う。別の場所の大砲を加えた大軍勢同士は、一触即発の様相だ。

「そんな……、みんな仲良かったじゃん！」

「いろんな人がいるよマジで。このままみんながホントの性格出してきたら全面戦争だわ」

「どうしよう」

「ふう、仕方ない」

　ヒロちゃんの駒は、マップの地面を突き抜け、フィールドの下へ回った。

「こっちは裏でクリティカルパス叩《たた》いて揺さぶっとくから、鈴は、話のわかる子たちの誤解を解いて！」

「やってみる！」

ヒロちゃんが仕掛けた言葉の罠《わな》で、次々と駒が弾《はじ》ける。場は混乱した。間髪を容《い》れず別のグループの下でも、女子の駒を揺るがす。ヒロちゃんらしい早技だ。

私は、覚悟を決めて女子グループのひとつに飛び込んだ。

「聞いて！　しのぶくんとは、ただの幼馴染」

別のグループにも飛び込んだ。

「子供扱いされてるだけ」

必死に訴えた。

「そんな私みたいなのがつき合うわけないじゃん」

突然の戦乱に疲弊したリーダー格の女子たちには、厭戦《えんせん》ムードが漂っていて、私の言葉を素直に聞き入れてくれるいいタイミングだった。

《たしかに》《みんなおちつこう》《おちつけ〜〜〜》

全ての女子たちの駒が、まるでオセロが逆転するように次々とひっくり返って、普段の表情へ戻っていった。

平定。

「こんにちはっ！」

　ヒロちゃんの家の玄関に走り込んで、

「があっ!!」

　倒れるようにつっ伏した。左手のスマホが、ペルシャ絨毯《じゅうたん》に落ちた。

「なんとか虎《こ》口《こう》を脱したよ」

　タブレットを手に、ヒロちゃんが出迎えてくれた。

　絨毯の上のスマホに、女子たちからゴメンネ通知が大量に届く。

　ヒロちゃんは壁にもたれて渋い顔を向ける。

「世の中は残酷だね。陰キャの鈴が告白したら抗争勃発《ぼっぱつ》だけど、もしルカちゃんなら何も起こらずに和平が実現するだろうね」

　そこへ、メール着信があった。私はスマホを拾って見た。

「あ、ルカちゃんからだ」

「え？」

「『突然ごめんね。相談があって実は……』」

　ヒロちゃんが疑いの目を向ける。

「タイムリーだな。今そんなメールしてくるって変じゃない？」

「変？」

「裏で糸引いてんのかもよ」

「そんなことないよ絶対！」

「やっぱしのぶくん狙いかー」

「何でルカちゃんみたいなかわいい子がそんなことするの？」

「あの子のそういうとこ苦手なんだよねー」

「幼馴染だから聞きたいってだけだよ」

「わたしだったら、相談に乗れるほど大人じゃないなー」

言い返せなくなった。

私だって、ヒロちゃんのいう疑念を、完全には否定し切れない。

同じ鏡川の端の道を、とぼとぼ歩いて帰った。

もう夕方だった。

ルカちゃんからのメールは、好きな人のことで話を聞いてほしい、ということだった。返事しなきゃいけないけど、なんて返せばいいかわからない。

迷っている。

ルカちゃんに憧《あこが》れる気持ちと、疑ってしまう気持ちが、交互にやってくる。苦しくなって、胸の中に溜《た》まったものを出してしまいたくなる。

「あーなんかもやもやする……」

と、

パシャッ。

「……？」

水音に気付き、振り返った。

夕暮れの鏡川に、カヌーの細長い艇が見えた。水面を滑ってやってくる。

あれはカミシンだ。

パドルから撥《は》ねる水しぶきが綺《き》麗《れい》な弧を描いている。鋭く無駄のない動きだ。

艇は、目の前をあっという間に通り過ぎていった。

「……カミシン、がんばってるな」

そこへ、

「ああ。なかなかやるよな」

と、そばで声がした。

私は、このうえないほどゆっくりと、振り返った。

「………しのぶくん」

「あいつ待ってんのに、なかなか上がって来ねえ」

いつの間にか、しのぶくんが私の横に立って、カヌーの行方を目で追っている。

私は、しのぶくんを見上げたまま、動けなかった。

しのぶくんは彼方《かなた》を見たまま、なんでもないように聞く。

「鈴。今日、なんかあった？」

「………」

「……あったら言えよ」

しのぶくんは、ひょっとしたら今日の女子たちのザワつきを知っているのかもしれない。いや、でも口調は知らないような感じだ。いや、でも本当は知っていて、知らないふりをしているだけなのかもしれない。

どれが正解かさっぱりわからない。

普段なら聞けないようなことも、今なら聞けるような気がした。迷ったけれど、勇気を出して、切り出した。

「……実はさ、しのぶくんに前から聞こうと思ってたことがあってさ」

「何……？」

しのぶくんが、こちらを見る。

「あのさ…………」

言葉が出てこない。

うつむいてぐずぐずしているのを、しのぶくんはじっと待ってくれている。

「あの……さ……」

意を決して、顔を上げた。

「あの…………あ」

その時。

「鈴ちゃん!!」

カミシンがカヌーを肩に担ぎ、私たちのところまでやって来た。

「今帰り？　俺も今練習上がったとこ。いや～～まいったまいった」

「…………」

私は唖《あ》然《ぜん》としてしまって、リアクションが遅れた。その様子に、

「あれ……？　どうした？」

とカミシンは、空気を読もうとしている。

私は、気づかれないように、急に無理やりテンションの高い笑顔を作った。

「か、カミシン、あれ、そうだ、遠征、どうだった？」

遠征、という言葉にカミシンは反応した。

「おう、行って来たぜ遠征！　それがさー聞いてくれよ。深夜バスに揺られてはるばる志望大学のコーチにいいとこ見せようって気合い入れて行ったのにだぜ？　ぜんっぜんタイム出ねえ。もう最悪」

カミシンは、まるでパントマイムのようなオーバーアクションとコミカルなポーズを交え、嬉々《きき》として語った。

「あそうだ。ホラ、これ見てよ」

ウエットスーツの中からアクアパック入りのスマホを出した。

2棟の高層ビルを背に、大学生と、全国から来た高校生たちが集合写真に収まっている。最前列の真ん中で、カミシンがポーズを決めていた。

「集まった中にはインターハイ出られない子もいるのに、出る俺がこんなんでホント申し訳なくてさー」

私は、目を丸くしてカミシンを見た。

「カミシン、……インターハイ出るの？」

「へへへ。まあね」

と口の横を指で掻《か》きながら、ほくそ笑んでいる。

何気なく言っているが、これはすごいことだ。去年ひとりで立ち上げたカヌー部で、全国大会に出るというのだから、とんでもないバイタリティだ。私は、カミシンを精一杯の笑顔で讃《たた》えた。

「ホント？　カミシンすごいよ!!　すごい!!　応援してるよ!!」

「……マジで？」

「マジだよ!!」

　応援、という言葉にカミシンは反応した。シリアスな表情で私を見つめて、それから芝居がかった様子でしのぶくんを見た。

「しのぶさあ」

「あ？」

「応援してくれるってことはさあ」

「ああ」

　カミシンは、いい男風に腰に手をあてて言った。

「鈴ちゃん、オホン、俺のこと、ちょっとは好きってことかなあ」

　私の精一杯の笑顔は、急速に真顔になった。

　それを見たカミシンはハッと気づき、

「……あれ？　違っ……たかな？　違っ……たかもしれない……」

　と、消え入りそうな声で言った。

　しのぶくんが呆《あき》れたように腕組みした。

「早くそれ置いて来いよバーカ」

「嘘だよ嘘、冗談！　じゃあな鈴ちゃん、応援ありがと！」

「うん」

「早く行け」

「わかったよ！」

カミシンは、両手で艇を担ぎ直し、早足で艇庫へ向かっていった。

そして、私としのぶくんは、またふたりになった。

「…………………………」

せっかくふたりなのに、何も言い出せなくなってしまった。カミシンの登場で、言い出すタイミングを失ってしまった。きっと何かのバランスが崩れてしまった。カミシンが悪いわけじゃない。踏み出せない私が悪いのだ。いままでこうしてタイミングを摑めきれずに、たくさんのことを諦《あきら》めてきた。今もまたこうやって、何かを諦める。

私は、夕暮れの鏡川のほとりで、ただ立ち尽くすしかなかった。

「…………………………」

沈黙の後、しのぶくんが口を開く。

「……あのさ、さっきの話だけど……、何？」

「…………もういい」

「無理してない？」

「してない」

「ホント？」

「ホント」

そう言って、私は目を閉じた。

幼い私を覗《のぞ》き込む、幼いしのぶくんの顔が思い浮かぶ。

あの頃の自分の気持ちを、殺さなければいけない。

打ち明けていない想いを、握りつぶさなければいけない。

それから、また目を開けた。

「……しのぶくん。こんな私のことなんか、もう気にしなくていいんだよ」

「え？」

私は、踵《きびす》を返すと、ひとりで歩き出した。

「鈴」

しのぶくんが呼ぶ。

でも止まらなかった。愛《いと》おしい気持ちが溢《あふ》れてくる。歩きながら、自分で自分に言う。

「……私、どうしたいんだろ？」

たまらなくて、早足になった。

気持ちの行きどころがどこにもなくて、破裂しそうだ。

全力で走っていた。

走りながらスマホを出し、ルカちゃんにメッセージを打った。

《ルカちゃん。私でよかったらなんでも聞いて。応援してるから》

送信。

立ち止まって、息を切らしながら、画面を見つめた。

すぐにルカちゃんから返信があった。

《鈴ちゃん、ありがとう》《びっくりでございます笑。がんばるね。ゆうきくれてありがとう》

明るい文面が、ルカちゃんらしいな、と思った。そんなに仲良しでもないルカちゃんに《応援してるから》は言い過ぎだっただろうか。びっくりさせてしまったことを後悔した。

胸が苦しい。

読んでいるそばから、次々と涙の雫《しずく》が溢れ出てきて、ポタポタと地面に落ちた。手の甲で拭《ふ》いた。けれどいつまでも目からポロポロ流れ続けた。止め方がわからない蛇口の水漏れみたいに。

スマホを胸に抱いて、泣き続けた。

ラブソング

わたしは竜の城の中の廊下に座り、胸を抱いて、泣いていた。

切なく、苦しかった。

当てた手を広げると、胸にあざのような丸い跡ができていた。

その丸い跡は、ぼんやりと暖かな光を放っている。

ボディシェアリング技術では、例えば怪我をしたら生体情報のなかから炎症反応を拾って可視化するが、心の痛みも、同じように生体情報の数値が変化をきたして、それを目に見える形に変換するのだろうか。

そのとき、
ギイイイ……。

扉を開けて、天使Ａｓが手招きした。

わたしは涙を拭いて立ち上がった。胸の光が、スーッと淡くなっていく。

天使Ａｓは、竜の部屋に誘うように、中に消えた。

扉に近付き、両手をあてる。

少し躊躇《ちゅうちょ》する。

「…………………」

覚悟を決めて、そっと扉を押した。

ギギギギギ……。

「……あ」

暗かったが、奥行きのある広い部屋だとわかる。

高い天井。天蓋《てんがい》付きのベッド。部屋の中央の壁には、大型の暖炉がある。破片で荒れ放題の床を踏み分け、暖炉の上の壁を見上げた。小さなフレームに収められた、たくさんの写真が飾られている。これは――？

昆虫、葉っぱ、小花、木の実、枝、小川、どこかの家の壁、どこかの畑、どこかの雲……。一見して、ありふれたものばかりだ。国や地域を特定するようなものではない。

だが、真ん中の大きな縦型フレームの写真だけは別だった。

「……女性？」

たくさんのバラを持ったドレス姿の女性の写真。だが表情はわからない。顔の部分を中心に、ガラスのひび割れが複雑に入っていたからだ。

「…………」

この女性と竜は、どのような関係なのか。なぜガラスがひび割れているのか？　わざと顔を隠すようにガラスを割ったのか？　それとも――。

部屋を見回して、ハッとした。

「…………!!」

竜がいる。

荒れた室内の向こう、バルコニーの前に、背を向けて座っている。

眠っているのか、ピクリとも動かない。

息を殺し、音を立てないように、ゆっくりと近づいた。

「あざ…………」

大きな背中一面のあざを、間近で初めて見た。複雑な形と色彩に目を奪われた。美しい、とすら感じる。竜にとって、このあざはどんな意味を持つのだろうか。それを確かめたくて、背中にゆっくりと手を伸ばした。

と――。

突然、竜は立ち上がって振り向いた。

「あっ!!」

わたしは驚いて身を引いた。

「触ルナ!!」

竜は、神経質そうに怒鳴った。触れられたくないのが強く伝わってくる。

「ごめんなさい。そのあざ……」

「醜サヲ笑イニ来タカ!?」

「違う！」

自分の胸に手をあて、できるだけ竜に寄り添おうとして言った。

「そのあざ、痛い？　痛いんだよね……？　なら、もう乱暴なことはしない方が」

が、竜は、わたしが言い終わらないうちから首を振る。

「君ハ何モ分カッテイナイ」

「じゃあわかるようにちゃんと聞かせてよ！」

「モウ出テイケ!!」

竜は体を大きく震わせ、まるで凶暴な獣のように咆哮《ほうこう》した。

ウオオオオオオオオオッッッ……!!

部屋全体が揺れる。

これ以上その場にはいられなかった。部屋を出て、廊下を駆け抜け、いくつもの角を曲がった。

エントランスの大階段で、

「出テケ！」「出テケ!!」「出テケ!!」

人魚たちが、蔑《さげす》むように言葉を投げつけてくる。

悔しさで、たまらない気持ちになった。

が、今のわたしにはこれ以上、何もできない。

何も言わずに、城の外へ出た。

帰り道を辿《たど》って、廃墟《はいきょ》ユニットの「高層ビル群」までやってきた。フードを頭から被《かぶ》り、ビルのコーナーからそっと顔を出し、周囲を見回した。誰もいない。慎重に確かめ、素早く移動した。

別のビルのコーナーで何度も安全を確認し、急いで移動した。大通りの向こうに「高層ビル群」と「公園」を分け隔てるゲートが見えた。あそこを通り抜ければ『U』のメインストリームまで帰れる。そのとき、声がした。

「待て」

体が、硬直した。

ジャスティス軍団の隊員がやってくる。誰もいないように思えたゲート前で、見つかってしまった。ひとりだけじゃない。何人もの隊員たちが背後に近づいて取り囲む。

わたしは背を向けたまま、フードで顔を隠し、身を縮めていた。

隊員たちは、口々に尋ねた。

「ここで何をしていた？」

「誰かを見たか？」

「それは醜いモンスターか？」

何も答えなかった。そのかわりタイミングを見計らい、逃げ出そうと試みた。

が、すかさず隊員のひとりが手を伸ばし、わたしのフードを力任せに引っ張る。また別の手が伸びて来て、髪を鷲摑《わしづか》みにした。髪を結んでいたリボンが解《ほど》ける。

「ああっ!!」

顔が露《あら》わになってしまった。もはや手で口元を隠す以外ない。

隊員たちの向こうに、誰か、いる。

「君は……、ベルか？」

ジャスティンだ。少し意外そうな声で言った。

「なぜここにいる？」

「………」

わたしは黙ったまま、睨《にら》みつける。

「言わないつもりか？　なら」

右手のブレスレットを光らせ、翼の獅《し》子頭《しがしら》へと変形させた。

「あ……!?」

わたしの心臓がどきりと音を立てた。

「言わないなら、オリジンに聞く」

ジャスティンは、なんでもないかのように、淡々と言った。

オリジンを暴く光を、脅しに使うなんて。恐怖に打ち震えた。もしオリジンが晒《さら》されたら……。

「あああ……ああ……ああ…………!!」

その時だった。

ビルの谷間から、何者かがこちらへ向かって来る。

竜だ。

ジャスティンは、ハッと下を見やった。

「竜!!」

瞬時に竜はわたしを抱え、あっという間に上方のビル群へ飛び去った。

「奴だ！」「追え！」「追え!!」

隊員たちは、すぐに後を追う。

抱えられた腕の中で、竜の顔を見上げた。助けようとしてくれた？　なぜ？　さっきは出て行けと吠《ほ》えたくせに。

気が付くともう隊員たちが追いついてきて、次々と竜に体当たりし、背中を蹴《け》り、殴ってくる。しかし竜は抵抗しない。以前の球状スタジアムでは、こんな隊員たちなど一瞬で叩《たた》き伏せていたというのに。

隊員たちは、竜が手を出さないことをいいことに、面白がって殴る蹴るを繰り返す。

それから互いに顔を見合わせ、

「なぜやり返さない？」

「おじけづいてる」

「チョロいな」

と、あざ笑った。

「…………!!」

わたしは悔しさに、唇を噛《か》んだ。

そのとき、

「あっ!!」

進行方向正面に、高層ビルが見えた。このままでは正面衝突してしまう。

隊員たちは気づかず、夢中で竜を叩き続けている。逃げられない竜は、そのままつっ込んでいくしかない。

高層ビルが迫り来る。

「!?」

隊員たちが気づいた時、高層ビルは目前だった。

もう回避できない。

「わあああっ」

隊員たちは悲鳴をあげ、分厚い窓ガラスに、つっ込んで行った。

竜は体勢を変えて際どくガラスを避《よ》けたが、わたしを守るため背中から壁面に衝突してしまった。バンッ、と大きな音とともに跳ね返る。

「グアアアッッッ……」

苦しそうに開けた口から痛々しい声が漏れる。

そのまま力尽きたように落下を始めた。糸が切れた人形のように、ビルの壁面すれすれに急降下していく。このままでは地面に叩きつけられてしまう。

「ぶつかる！」

思わず叫んだ。

「ヴヴ……、ヴヴヴ!!」

竜は、歯を食い縛って力を込めた。反り返った姿勢から一気に体を屈《かが》めて回転し、ビルの壁面を鋭く蹴った。横へ飛んだことで、ギリギリで衝突は回避できた。

竜はわたしを抱いたまま、フラつきながらビルとビルの谷間に消えた。

「竜はどこだ⁉　どこだ⁉」

ジャスティンは、隊員たちが竜を見失ったことに、苛立《いらだ》っていた。

「……竜‼」


雲の中の城へ戻って来た。

ヒビ割れたバルコニーに、竜はそっと着地しつつ、丁寧に降ろしてくれた。

わたしはサッと離れ、竜と一旦《いったん》、距離をとった。

竜は、力尽きたように、がっくりと膝《ひざ》を突いた。

「ハァッハァッハァッ……」

呼吸が荒い。心配になって近寄ろうとすると、

「来ルナ‼」

強く制された。「……アッチへ行ケ」

仕方なく、言われた通り背を向けて行こうとした。

でも何かが、そうするのを押し止《とど》めていた。それはこの胸の痛みだ。みぞおちあたりに握った手を当て、その切ない痛みに耐えた。そして、気持ちに逆らえずに唇を結び、竜へと振り返った。

「ハァッ、ハァッ」

苦しそうに呼吸する、竜の姿が映った。

「…………」

胸の中がより切なく痛んだ。握った手を開いてみぞおちの上に当てたとき、気持ちが自然に、口をついて出てきた。

「あなたのこと、前より少しわかる」

「……!?」

竜は顔を上げ、意外なように目を見開いた。

そばに近づき、

「本当に傷ついているのは、ここね？」

と竜の胸に、手をそっと当てた。

「…………!!」

竜はハッとする。

その目を見上げて、素直な気持ちを伝えた。

「助けてくれて、ありがとう」

竜は、顔を寄せ、

「……ベル」

と、初めて名を呼んでくれた。

星が瞬き出す。

わたしは、ゆっくりと歌い出した。

データが壊れ、あちこちがキューブ化している暗いダンスホールに、歌声が響いた。

一人にして欲しいと　あなたは突き放すけれど
本当は胸の中にあるものを　覗かれたくないのでしょう
怒り　恐れ　悲しみ
抱えきれぬ夜
でも口にできない
聞かせて　隠そうとするあなたの声を
見せて　隠れてしまうあなたの心

竜は、胸に手を当て、自分自身を覗き見るように聴いていた。

中庭に、無数のバラが繁茂する。その中から天使Ａｓは吟味し、最初に一輪の薄桃色のバラを選んだ。それから次に一輪、黒いバラを選んだ。

ふたつのバラは、人魚たちによって、ダンスホールに運ばれた。

人魚たちは進み出て、わたしの左胸に、薄桃色のバラを付けた。

その瞬間、無数の粒子が集束して、それから一気に弾《はじ》けた。

すると、バラの花びらのドレスが、風を孕《はら》んでふわりと出現してわたしの体を優しく包み込んだ。

「わあああ……!!」

思わず感激の声を上げた。

まるで魔法だ。キラキラと粒子が舞い散る。

天使Ａｓがやって来て、「秘密のバラ」は気に入った？　と得意げに聞いた。わたしは天使Ａｓを見上げ、素敵、と微笑みを返した。

別の人魚たちは、竜の左胸に、黒いバラを付けた。

竜の胸の黒バラにも、無数の粒子が集束し、それから一気に広がると、素敵な黒いスーツとマントに変化した。アザの模様が、新しいマントの背中に刻印される。

わたしは、振り返って、竜を見た。

竜も、振り返って、こちらを見た。

崩れかけた暗いダンスホールに、無数の粒子が集束する。そして一気に弾けると、眩《まぶ》しく華やかなダンスホールに生まれ変わった。

踊りましょう、と竜に両手を差し出した。が、竜は、抵抗があるように身を引いた。両手を伸ばしたまま、一歩前へと、誘うように踏み出した。戸惑いながらも竜は、おずおずと左手を上げた。わたしは、その手を取った。

一拍あって、ふたりで、ゆっくりと回り始めた。

最初は、ただ互いの手を取って回っているだけだった。それが、少しずつ8分の6拍子のステップを踏むようになってゆく。竜は右手を上げ、わたしの腰をエスコートするように当てた。それから左手でわたしの手をしっかりと取り、正式なダンスの姿勢になった。

お互いに見つめ合いながら、ステップを続けた。いつの間にか、ダンスホールの床から、足が浮かび上がっていた。まるで透明な階段を上っていくように空中を回転しながら、崩れかけたドームをぐんぐん上昇していく。ドキドキするような高揚感に、思わず笑みが溢《あふ》れた。竜は、そんなわたしを、目を丸くして眺めている。

人魚たちが、こちらを見上げているのが見えた。笑顔も見えたので、少しだけ胸の痞《つかえ》が下りたような気がした。人魚たちは、竜に一途《いちず》な存在なのだ。彼女たちにとって、わたしが邪魔者でありませんように。

城のドームから粒子が弾け、そこから一条の光が、彗星《すいせい》のように上昇していく。

それは、わたしと竜だ。
天を埋め尽くす無数の星々の中で、寄り添いながら人工衛星のように回転した。

一人で生きてゆけると　あなたは言い放つけれど
本当は何度も何度も自分に言い聞かせた　夜があったのでしょう

けどね　あなた　あなたを
どんなあなたでもみたいと
いつも考えてしまう

聞かせて　隠そうとするあなたの顔を
見せて　隠れてしまうあなたの心　聞かせて
どんなことからでもいい　最後まで聞くから
開いて　傍にゆきたい　あなたの心

踊りながら、竜を見つめた。
竜は戸惑いの瞳《ひとみ》のまま、こちらを見つめるばかりだ。戦いばかりの竜。戦いでないことをするのが、まるで何もかも初めてのように思えた。

そう思った時、わたしの中に、苦しいほどの愛《いと》おしさが芽生えたのを、はっきり自覚した。その想いのままに、竜の顔に手を添え、少しずつ顔を近づけた。ゆっくり目を閉じ、唇を差し出した。

竜はハッとして、それから固く目を閉じた。

タイミングが、まだ早いのかもしれない。

わたしは微笑み、そっと竜に頬を寄せた。

初めてのキスは、お預けになった。

竜は済まなそうに手を伸ばし、そっとわたしを抱き寄せると、ゆっくり目を閉じた。

それから、城へ戻った。

満天の星の下、暗いバルコニーで身を寄せ合った。わたしの腕の中に抱かれ、まるで無防備に竜は眠っていた。

どのくらい時間が経った時だろうか。

パリンッ、と、どこからともなく陶器のようなものが割れる音がした。

竜はギクッと目を開き、苦しげな唸《うな》り声を上げた。

「ウ……ウウ………、ウウウ……ウウ……」

「どうしたの……？　ねえ……」

聞いても答えない。竜は顔を押さえて立ち上がり、震えながら向こうへ行こうとした。が、途中で我慢できないように膝《ひざ》をつき、うずくまってしまった。

そこで、信じられないものを、見た。

うずくまる竜の背中のアザが、不自然に震えている。

まるで、見えない何かに殴られているようだ。

竜は、それに耐えるように声を漏らす。

「グッ……!!　グッ……!!　グッ……!!　グッ……!!」

この事態を、どう理解していいのかわからない。

「何が……、起こっているの……？」

「見……ルナ……!!」

辛うじて振り返った竜は、苦しげな目でわたしを見た。

天使Ａｓは、バルコニーの床に寝そべり、その様子をいつものことのように見ている。

わたしは、竜に、呟《つぶや》いた。

「あなたは……、誰……？」

「…………」

竜は、答えない。
無数の星々が、瞬くだけだ。

胸騒ぎ

教室の窓の外に、柔らかい雨が降っていた。

ヒロちゃんは頬杖《ほおづえ》をつき、スクロールしながら『U』のフキダシを読み上げる。

《もうベルはコンサートやらないの？》《ベルの歌声がまた聴きたい》《何で歌ってくれないの？》《また邪魔されるのが怖いんだ》《全部竜が悪い》《早くアンベイルされろ》

私は椅子の上で膝を抱き、みんなの言葉を聞いていた。

ひとつひとつに胸が痛んだ。

「もう竜のこと、そっとしておこうよ。秘密なんか知らなくていいじゃん」

「私たちがやめても無理だよ。『U』はクラスのちっぽけなSNSグループなんかじゃない。もう誰にも止められないよ」

ヒロちゃんは、どこかの匿名掲示板に切り替えた。

《竜ヨ消エロ》《竜ハ何ノ価値モナイ》《竜ハ存在スル意味ナイ》

と、容赦のない無意識の悪意がぎっしりと並ぶ。

机に置いた私のスマホに、ジャスティス軍団の動画が流れる。

《竜は『U』の秩序を脅かす危険な存在です。竜に関する新たな情報を求めています。ハッシュタグは #Unveil_the_Beast》

どんな場所でも、竜が、追い詰められてゆくように感じた。

髭面《ひげづら》の男性が見ているライブ動画で、どこかのＡｓが騒いでいる。

《竜は仙人みたいなクソジジイだ！》

公園のベンチでメガネの女の子が見ているライブ動画で、どこかのＡｓが反論した。

《竜の正体は天才少年ゲーマーだ！》

授業中の女子中学生が机の下に隠したスマホの画面内で、どこかのＡｓがささやく。

《竜の中には、とんでもないエロ女がいるんだぜ？》

ラガーシャツの男が、ロッカールームの壁に寄りかかり、ライブ動画を見ていた。

《竜は、実は大富豪だって？》

年老いた母と娘は、自宅のソファでライブ動画を見せ合った。

《対戦して精神的ダメージを受けたので、損害賠償を》

女性が見ているゴシップ動画では、記者がイェリネクと新恋人を直撃していた。

「イェリネク。恋人が死んだばかりなのにデートかい？」

金髪の巻き毛にふっくらした浅黒い肌の新恋人は、たくさんのマイクの前で答えた。

「彼は最高」

別のライブ動画では、白い肌に黒髪の元恋人が、メガネを光らせながら訴えた。

「待って。私は死んでない！」

「あら、生きてたの？」

新恋人は目を丸くした。

別の動画でイェリネクが弁明する。

「死んだのが彼女だなんて、一言も言ってない」

ついに元恋人は怒りに任せて暴露した。

「パクリ癖は彼の得意技。タトゥーも竜を見てパクってた」

「彼女は嘘を言っている！」

イェリネクは、困惑するように額に手をあて首を振る。

元恋人はぶちまけた。

「彼はただの詐欺師！」

新恋人は肩をすくめて笑った。

「負け犬は黙ってれば？」

「なんですって!?」

元恋人は目を吊《つ》り上げる。

焦燥のイェリネクは、たまらずにカメラを塞いだ。

「盗作？　絶対にありえない!!」

ワイルドビースツの外野手フォックスは、何事にも動じない男で、余計なことも言わない。いつも善き人間であろうとしたし、ファンたちに向けて笑顔を絶やさなかった。多少批判されたとしても、それで機嫌を損ねたり感情的になったりすることなどない。彼は、野球は成績や数字を残せばそれで良い、と言う考えには与《くみ》しない。むしろ、成績を上げれば上げるだけ謙虚であるべきだと思っていた。自分ひとりでは何事も成し遂げられない。チームメイトやファン、相手チーム、野球を楽しむすべての人たちのおかげで、自分はここにいられるのだから。

それでも今回、自分に向けられたゴシップ——というより悪質な敵意に関して、決して看過できるものではないと感じていた。ちゃんと自分の真意を伝えなければならない、と生真面目に思った。問題は、どのような手法をとればしっかりと真意が伝わるか、だ。

彼が選んだのは、個人のメッセージ動画、という方法だった。

自宅の落ち着いた書斎を配信場所に決め、スマートフォンを三脚に固定し、ライブ配信ボタンを押した。

ハイネックのアンダーシャツ姿のフォックスは、チームの帽子を取ってサイドテーブルに置くと、静かに語り始めた。

「僕は、人前で肌を見せないことで、何かを隠していると疑われている。この間も、『U』にいる竜の正体は僕じゃないか、って怒鳴ってる人がいた。でも、僕は悪役でもなければ乱暴者でもない。子供たちにとって、正真正銘のヒーローになりたいんだ」

フォックスはゆっくりと立つと、アンダーシャツを脱いだ。今まで決して人に見せなかった上半身の肌を、カメラの前に晒《さら》した。

その肌には、大きな手術痕《こん》がケロイド状に浮かび上がっていた。傷は首の下から胸の真ん中、右の胸の脇、腹の上、腹の真ん中にそれぞれあり、加えて右の胴にだけ、ドレインを通した穴の跡が点々とあった。

確かに、傷だらけ、と言ってよかった。

「どうかびっくりしないでほしい。子供の頃の僕には手強《てごわ》い病気があって、いくつかの大きな手術を受けた。でもそのおかげで僕は、野球ができる体になったんだ」

フォックスは淡々と語り、胸に手をあてた。

「だからこれを見ている子供たちにも、夢を諦《あきら》めないで欲しい。このメッセージが、正しく届くことを願っています」

『Ｕ』では、たくさんの大型モニタに、フォックスのライブ配信動画が映し出されていた。生々しい傷跡を自ら晒したことは、観る者に衝撃を与えたが、彼の真意が伝わるにつれ、肯定的なフキダシが多数を占めるようになった。

フォックスの真摯《しんし》な姿を、『Ｕ』のＡｓたちは大歓声をもって迎え入れた。

その画面を見ながら、ヒロちゃんＡｓは腕組みする。

「う～ん」

怪しいと睨《にら》んでいた一人がフォックスだったから、当てが外れて困っていた。

「じゃあ竜って……」

従えた人魚たちが眠っている。城でのダンス以来、ヒロちゃんＡｓが姉御として人魚たちの面倒を見ることになった。

突然、

「許さない！」

どこかで聞き覚えのある声がして、ヒロちゃんＡｓは振り返った。

「あ！」

浮かぶ大画面にメッセージ広告が出ている。様々な言語で、

《You hurt me》（あなたはワタシを傷つけた）

と、書き込んである。

ひょっとして……？　と気になってヒロちゃんＡｓは近づいて見た。

画面の前で、手にクマのぬいぐるみを抱いた赤ちゃんＡｓが、ヒステリックに叫んでいた。

「絶対に許さない！　ワタシを傷つける奴らは、絶対に許さない！」

「もしかして……、あんた、理想の主婦？」

「ハッ!?」

赤ちゃんＡｓ（スワン）は、言い当てられてギクリと見た。

ヒロちゃんＡｓは、目を丸くして尋ねた。

「なんで赤ちゃんなの？」

「ほ、本当のワタシは無垢《むく》な心の持ち主なの！」

「嘘だね。かわいいキャラだったら、どんなヒドイ悪口言っても許されると思ってるんでしょ？」

容赦ない指摘に、赤ちゃんＡｓは、

「ううう……!!　うるさいっ!!」

と突然、クマのぬいぐるみを投げつけた。

「わっ!!」

ヒロちゃんＡｓがひるんだ隙に、赤ちゃんＡｓはピュ〜〜〜ッ!!と猛スピードで去っていった。ガックリとヒロちゃんＡｓは肩を落とした。怪しいと睨んでいた一人がスワンだったので、またしても当てが外れたのだった。

『Ｕ』の中心では、まるでタイムズ・スクエアのように、いくつもの大型モニターが連なっている。そこには、様々なベル——わたしの姿が映し出されていた。それを見たＡｓたちが、無数のフキダシを浮かべている。

《ねえ、ベルがまた歌ってくれるって本当?》《そんなのただの噂》《でもサプライズで歌うって》《そんなのただのデマ》《それでも、もし本当だったら……》

わたしは、今はまだ歌うつもりはなかった。なのにみんなは、期待したり、落胆したり、また希望を持ったりしている。わたしはどう答えていいかわからず、困惑した顔をストールで隠すしかなかった。

「…………!?」

気配に気づき、ハッと振り返った。

いつのまにか、ジャスティス軍団の幹部たちに、取り囲まれていた。

ヒロちゃんＡｓや人魚たちと離れてひとりになったわずかな時間を狙われた。

「…………!!」

そのまま、監禁されてしまった。

コート掛けにストールと上着を掛け、木製の椅子に座らされた。天井からの照明が照らす円形の大理石の床以外、周囲の空間は真っ暗で、まるで舞台の上にいるようだ。ジャスティンは、黒いスーツにネクタイを締めていた。こちらに右手の紋章を差し出して見せる。

「この光がなぜ正義の力なのか、わかりますか？」

「――――」

答えないでいると、ジャスティンは紋章を引っ込めた。

「通常なら、デバイスで読み取られた生体情報は、特殊なプロセスを経て登録したAsに変換されます。ですがこの光は、その変換を一切無効にしてしまう。オリジンそのものがダイレクトに『U』の空間上に描写されてしまう。これがアンベイルのしくみです。創造主『Voices』しか持てない権限と同じものを私は持ってると、言い換えてもいい」

「――――」

「ところで、今までにこう思ったことはありませんか？『インターネットの内側にはなぜ警察がいないのか？』と。現実と『U』が限りなく近付いている今、警察機能がここ『U』にないのはおかしいだろう。誰もが感じる疑問です。そうでしょう。当然です。なのに『Voices』は、『公平であるために必要なものは既にある』として取り合わない」

ジャスティンは、義憤の表情で彼方を見据えた。

「だが我々はそう思っていない。どんなところにも悪人はいる。人に迷惑をかけて秩序を乱す奴はいる。やりたい放題して世の中をせせら笑っている奴はいる。だからそれに対抗する力が必要なのだ。どんな場所でも正義は必要とされるのだ。悪を叩《たた》きのめす力が必要なのだ。それが我々だ、と」

熱を込めて、右の拳《こぶし》で左の掌《てのひら》をパンッ、と叩いた。

「――――」

「竜。醜き竜。奴こそがここ『U』を維持するため、アンベイルされるべき存在なのだ。なのに――」

ジャスティンは、ゆっくりと、こちらを向いた。

「なぜ君は、いつも竜といる？」

その問いを、わたしは自分に向けて繰り返した。

「なぜ……」

あの夜と同じ薄桃色のバラが胸にある。それをじっと見た。

ジャスティンは、無表情で見下ろしている。

「竜の居場所を言え。口をつぐめば済むと思うな。言え。今すぐ。それとも」

と右手を獅子《しし》の頭に瞬時に変形させ、こちらに向けた。

「今ここでお前をアンベイルしてやろうか？」

「――――」

だがわたしは、以前のように動揺しなかった。

「………知っていたとしても言わない」

「何⁉」

見上げて、静かに言った。

「あなたは正義なんかじゃない。ただ他人を屈服させたいだけ。だから言わない」

「………‼」

ジャスティンは、突然に怒りを露《あら》わにした。

唐突に大きな手が、わたしの頭を強引に摑《つか》んだ。

「くっ‼」

コート掛けが倒れる。まるで撃鉄が起こされるように獅子頭の中からレンズ体が出現する。イスが仰向《あおむ》けに倒れる。揺らされて胸のバラから一枚花びらが落ちる。

「⁉」

ジャスティンは鷲掴《わしづか》みにしたわたしの顔のすぐ前に、レンズを突きつけ、強い怒りを込めた声で恫喝《どうかつ》する。レンズが光り出す。

「これ以上私をコケにするなら絶対に許さない。アンベイルなどできないと高を括《くく》っているな？　いいだろう。では今すぐ試してみよう」

逃れようともがいても、強い力で押さえつけられ、全く敵《かな》わない。

「世界的歌姫が本当は何者か？　その美しい皮膚の下にどんな顔を隠しているのか？　私にはだいたい想像がつくがね。どうせ……」

胸がどきりと音を立てた。

「もし真実が暴かれたら、一体誰がお前の歌なんかを、真面目に聴くのかな……？」

ジャスティンは凶暴な目つきで嗤《わら》う。まるで傷つけるのを心から楽しんでいるようだ。

「そうされたくなくば言え。奴は何者か？　今どこにいるのか？」

逃げられない。もうだめかもしれない。

と、諦《あきら》めかけた時だった。

「探シ物デスカ？」

どこからか、聞き覚えのある声がした。

「あ？」

　ジャスティンは、横目で見た。

　暗闇の部屋だったはずが、いつの間にか、晴れ渡る白い砂漠の上に立っていた。

「なんだこれは⁉」

「アナタダケニ教エマス。他ノ人ニハ内緒デスヨ」

　人魚たちだ。

　青い水が湧くオアシスの前で、ウフフ、とか、キャハハ、とかキャッキャキャッ、とかと笑いながら、蠱惑《こわく》的に円を描いて回っている。

「くっ……」

　この奇妙な状況に動揺したジャスティンは、大声とともに振り払った。

「うるさい‼」

　人魚たちは、瞬時に小魚のように散った。

　同時に、ゴオオオ、と巨大な炎が立ち昇った。

「ああっ‼」

　ジャスティンは唖然《あぜん》と振り仰いだ。

　炎が天井まで立ち昇って渦巻いた。が、瞬きをひとつする間に、灼熱《しゃくねつ》の炎は、大量の水しぶきへと変化した。

　ザザザと滝のように落下する幾筋もの水の勢いが、ジャスティンの体を叩く。

「うっ!! くそっ!!」

全身ずぶ濡《ぬ》れで、いいように翻弄《ほんろう》されている。

顔を上げると水流の間に、ほっかむりをした小さな人魚の姿がある。

「あ!」

目が合って、人魚は慌てて逃げた。

ジャスティンは人魚に狙いを定めながら近づき、右の拳で思い切り打った。

「ぎゃんっ!!」

小さな人魚は、訳もなく跳ね飛ばされた。

水しぶきはその瞬間、あとかたもなく消え失《う》せた。

「ハアッ……ハアッ………」

いつの間にかベルの姿はなく、目の前にあるのは、丸い大理石の床だけだ。

夢から覚めたばかりの混乱を整理するように、ジャスティンは辺りを慎重に見回した。

「………?」

倒れたイスのそばに、薄桃色のバラの花びらが一枚、落ちている。

それを指でつまみ上げた。

少し傾けると、デジタルデータが一瞬透けて見える。

何かを企《たくら》んでいるように、ジャスティンはニヤリと笑った。

「……」

ヒロちゃんAsに導かれて、メインストリームの公園を急いだ。

「助けてくれてありがとう」

わたしは人魚たちに感謝した。

人魚たちは頷《うなず》くと、さっき殴られて目をまわしてしまった小さな人魚を介抱した。

「ホントによかったよー」

ヒロちゃんAsは、ホッとしたように言った。

だがわたしの気持ちは晴れなかった。

竜が、今までにも増して危ない状況にある、ということがわかってきたのだ。

遅い夕方、フーガが庭先でご飯を食べているのを、ジーンズの膝《ひざ》を抱えて見ていた。

だが頭の中は、竜のことでいっぱいだった。

「彼に危険が迫ってる。味方になってあげなきゃ……。守ってあげなきゃ……」

そこへ、声がした。

「鈴」

「………ハッ!?」

反射的に立った。

父さんだ。

帰ってきたのに全く気付かなかった。私は身を縮め、警戒するように低く言った。

「………なに？」

「何か困っていることがあったら――」

「ない」

「言いなさい。なんでも――」

「なんにもないよ!!」

父さんの申し出を拒絶するように、私は庭から家の中へ駆け戻った。リビングを抜け、2階への階段を駆け上がった。自分の部屋に飛び込むと、ドアをバタンと素早く閉めた。

「…………」

残された父さんは、どんな気持ちだったろう、と想像した。こんな自分勝手な娘、嫌だと思ってるだろうな。

あとで1階に下りると、父さんが持っていた紙袋が台所に置かれてあった。袋の中には、熟した桃が甘い香りを放っていた。

横の紙に、伝言が残されていた。

——職場の皆さんからいただきました。食べてください。父——

夏の緑が輝いている。

廃校小学校の体育館から、聖歌隊の女性たちの声が聞こえる。

「人が少なくなって、確実にこの地域は消えゆく運命にあります。山の美しさも清流の輝きも、誰も見る人がいなくなってしまうでしょう。実は大都市以外、どこも同じようになってゆくようです。ですからここは、この国の未来の姿かもしれません」

他県から視察に来た、同じように人口減少に悩む人々が、女性たちの話をじっと聞いている。聞いている方も、半分は女性だ。

喜多さんは、穏やかに話した。

「じゃあ、なんでそんなところに住むの？　とよく聞かれます」

畑中さんが語りかけた。

「都会のほうがよほど便利じゃないかって。そのとおりです」

腰に手を当てて、奥本さんが言った。

「それでもなぜ私たちは、ここに留《とど》まるのか。それは——」

アップライトピアノの上に飾った写真の中に、十年以上前の女性たちが写っている。

まだ6歳の私、そして、母さんも一緒に。

中井さんが、思い出すように言った。

「それは、まだここにはひとりだけ子供がいるんです。小さい時から一緒なので、私たちの子供みたいなものなんです。その子のために、ふるさとが消えてゆく速度を少しでもゆるやかにしたい。その子が巣立つまで、がんばんなきゃって」

視察の人々は、身じろぎもせずじっと聞いている。

その空気をほぐすように、吉谷さんは顔を傾けて微笑んだ。

「……ウフフ。前置きが長くなりました。では私たちの歌、よかったら聴いてください」

他のみんなも笑顔を向け、譜面を構えた。

体育館に、歌声が響く。

写真に写る、今より十歳以上若い女性たちの笑顔は美しい。

そして今もまた彼女たちは、変わらずに美しい。

小さな恋

ディーゼル音とともに須崎《すさき》行きの汽車は、伊野駅を出発した。

学校帰りの私は、定期を見せて改札を抜ける。

待合室のベンチに座っていた女子が、それに気づいて立ち上がった。

「鈴ちゃん」

呼ばれて振り返った。

「ルカちゃん……」

なぜこの駅に？

ルカちゃんは、今すぐ話したいような、切羽詰まったような顔をしていた。アルトサックスのケースを肩掛けしているが、まだ早い時間だ。部活を休んでまで、わざわざここに来る理由があるのだ、と想像した。

帰りのバスに、ルカちゃんと乗った。

山沿いの国道を一緒に揺られた。

青々とした仁淀川と、白い河原のコントラストが綺麗《きれい》、とルカちゃんは言った。褒められて嬉《うれ》しかったが、風景を見に来たのでもあるまいに。なかなか切り出しづらいのだろう。

停留所で降りて、ふたりで沈下橋を歩いた。山々に雲の影が落ちて、ゆっくり移動している。

「座礁しちゃった」

と、唐突にルカちゃんは言った。

「座礁？」

「鈴ちゃんが応援してくれたから、勇気を出して船出しよう、って」

「うん」

「でも好きな人の前だと、何も話せなくって」

「うん」

「そしたらその人、『なにそのリアクション、キモいんですけど』って……」

橋の途中でルカちゃんは立ち止まってしまった。

「ええっ⁉　何それ⁉」

「ううん。言われても仕方ないの。私がぜんぜん自信がないのが悪いんだし、実際キモいし……」

首を振りつつルカちゃんは笑顔を見せていたが、元気なく下を向き、目を閉じてしまっている。なんでこんな可愛い子につらい想いをさせるのか。

「そんなわけないよ！　そんなわけないじゃん！　もうっ、しのぶくんひどい！」

ハッとルカちゃんは顔を上げ、両手を振って否定した。

「え？　違う違う」

「あれ？　じゃあ」

ルカちゃんは下を向き、言いにくそうに囁《ささや》いた。

「……ちかみくん」

「ちかみって？」

瞳《ひとみ》を困ったように揺らし、絞り出すように言う。

「ち、かみ……しん、じろう……」

「カミシン⁉」

ルカちゃんは、目を閉じてコクリと頷《うなず》いた。

家に着いて、台所でお茶を用意した。

冷やしていた桃を切り、アイスティーに入れた。

庭ではルカちゃんが、右前の足先のないフーガに少しも臆《おく》せず、頭やアゴの下をワシワシ撫《な》でながら顔を近付けている。

「ん〜、かわいいのう。アハハハ」

フーガはしっぽをぶんぶん振って、ルカちゃんの頬を遠慮なく舐《な》めている。

縁側に腰掛けて、ルカちゃんと桃のアイスティーを飲んだ。

氷がカランと涼しげな音を立てる。

「おいしい」

「よかった」

フーガは、ルカちゃんの足元でしっぽを向けて座っている。彼女が気に入ったのだ。

ルカちゃんはグラスを下ろしつつ、横目でこちらを見た。

「鈴ちゃん誰が好きなのか、わかっちゃったな」

私は焦って、手で制した。

「あ、ダメ、言わないで、死ぬから」

「うん。でも、いつから？」

と、ルカちゃんは覗《のぞ》き込む。

私は、思い出すように空を見上げた。

夏の入道雲が、ゆっくりと成長している。

「6歳の時、『僕が守ってあげる』って言ってくれた。最初にそれを聞いて私、プロポーズされたと思って。でも、本当は、『いじめる奴がいたら守ってあげる』って意味だった。プロポーズなんかじゃもちろんなくて」

「……」

「母が亡くなって、泣いてばかりいたら、クラスの子みんな怖がって誰も近寄れなかったの。それで、いじめられてると思ったんだろうね。だから……」

私は、欠けたマグカップでアイスティーを飲んだ。

ルカちゃんは私がマグカップを下ろすまで、じっと見ていた。それから微笑んで、話題を変えるように前を見た。

「ちょっと変なこと言うけど、私、その人のこと、なんだか鈴ちゃんのおかあさんみたいだなって、ずーっと思ってたんだ」

「おかあさん？」

「だってなんにもないのに『大丈夫？』とか『平気？』とかいつも聞いてるでしょ？　男子なのに不思議だよね、しのぶくんって……」

自分で言ったことに気付き、長い指を口元に当てて、

「あ……、言っちゃった。フフフ」

と、笑った。

私も、一緒になって笑った。

「ハハハ。死んだ」

二人して笑った。

「アハハハハ」

私たちはまたバスに乗って、仁淀川沿いの国道を戻った。伊野駅に着いてバスを降り、話しながら駅舎に入った。高知駅行きの汽車が来ていた。

改札前でルカちゃんは振り返った。

「じゃあ今度、その思い出の小学校に連れてって」

「うん」

「また来るね」

「うん」

私も笑顔を返した。

ルカちゃんは待合室の隅に目をやって、何かに気付いたように、

「あ」

と小さく声を上げた。

私は、その視線の先を目で追った。

ベンチの片隅に座ってスマホを見ている男子がいる。

「……カミシン」

「おっと」

カミシンは、座ったまま顔だけ上げた。

ルカちゃんは、見つめたまま、動かない。カミシンも、視線を逸《そ》らさずに、動かない。なんとも居心地の悪い時間がいたずらに流れた。汽車とバスは、待ちきれないようにそれぞれ出発して行った。

私は、待合室の端と端にいる二人の顔を見比べた。

何か言わなきゃ。

この膠着《こうちゃく》した状態を打開しなきゃ――。

「あ、あのさ、夏休みどこか遊びに行こうよ。ルカちゃん、どこ行きたい？　ねえカミシン、どこかいいところない？」

「俺、ちょっと」

「何？」

「インターハイ」

「あ、そっか。そうだった。あ、じゃ観に行く。どこでやるの？　どこでも行くよ」

「北海道」

「……うーん、遠すぎでしょ」

「しょうがねえじゃん」

「もっと近くでやらないのかな？」

「無理言うなよ」

「お、お、お、」

と、ルカちゃんは突然、声を発した。

「お、応援してます」

「……応援？」

「ちかみくんの……」

ルカちゃんは消え入りそうな声で言った。

応援、という言葉にカミシンは反応した。スポーツバッグを肩からぶら下げたまま、ベンチから立った。

「お、応援……？」

「カミシン」

「鈴ちゃんさあ」

「なに？」

「応援してくれるってことはさあ」

「うん」

「渡辺さん、オホン、俺のこと、ちょっとは好きってことかなあ？」

ルカちゃんの両手に持ったスクールバッグが落ちて、床でパタン、と音を立てた。

カミシンはすぐさま用意していたかのように、

「嘘だよ嘘。冗談。冗談！」

と両手で制すように苦笑いした。

ところがルカちゃんは、まっ赤になった顔を両手で覆い、黙って下を向く。

「……あれ？」

意味がわからないカミシンは、どういうこと？　と私を見た。

私は、カミシンに大きく頷《うなず》いて見せた。うん、と。

「え……？」

やっぱり意味がわからないカミシンは、あれ、ということは？　ともう一度私を見た。

私は、もう一度大きく頷いて見せた。うん、と。

カミシンはやっと理解できたらしく、

「えええええ!?」

と、のけぞった。

しばらく硬直して動かなかった。

そのあと、のけぞったポーズのまま、器用に後ろ足で下がり、駅舎の外に出ていってしまった。

「あ!! ちょっちょっ」

私は追いかけた。

駅舎の外で、カミシンを捕まえた。混乱していた。

「なんで逃げるの!?」

「だって俺、女に好きって言われたことないし」

「今言われたでしょ？ 応援してるって」

「……そっか」

「嬉《うれ》しくないの!?」

「……嬉しい」

「ならちゃんと対応しようよ」

「……そっか」

カミシンは、ぎこちなく変な歩き方で、ルカちゃんの前に進み出た。

「わ……、お………」

両手で顔を覆ったルカちゃんに、こわばった表情のまま喋《しゃべ》りかけようとした。

が、

「ああああああ!!」

のけぞったポーズのまま器用に後ろ足で下がり、再び駅舎の外に出ていってしまった。

「ちょっちょっ!」

私は追いかけた。

駅舎の外で、カミシンを捕まえた。もっと混乱していた。

「俺、女と何話していいかわからない」

「なんでもいいよ。ありがとうとか、がんばるよとか」

「……そっか」

「ちゃんと伝えて」

「……そっか」

しばらくして、カミシンはぎこちなく変な歩き方でやって来て、ルカちゃんの前に出ると、やはりのけぞったポーズのまま止まった。

「…………」

カミシンは、両手で顔を覆ったままのルカちゃんに、こわばった顔で喋りかけた。

「わ、渡辺さん」

「……はい」

ルカちゃんは、両手を顔から離した。

「な……、ふだん、何してるの？」

「……音楽」

と、右肩のサックスケースを見せた。「ちかみくんは、どんなの聴くの？」

「べ、ベルとか」

「!?」

私は突然の展開にギクッとした。

パッとルカちゃんの顔が明るくなった。

「あ、ベル、すごい聴く」

カミシンも笑う。

「マジで？　一緒じゃん」

「あんなふうに歌えたらいいなって、ずっと憧《あこが》れてて……。笑うかもしれないけど、ちょっと似てるって言われるし」

「!?!?!?」

私は飛び上がりそうになるほどのけぞった。

「ううん。めっちゃ似てる」

「自意識過剰だけど」

「ううん。マジで似てる。あれ？　なんで？　親戚《しんせき》？　親戚でしょ」

カミシンが真顔で言い、ルカちゃんは火照った頬を手の甲で冷やす。

「……照れる」

私は、のけぞったポーズのままふたりに気付かれないようにそーっと後ろ足で下がり、駅舎の外に出た。

カミシンは、先ほどよりずっと自然に喋った。ルカちゃんも、ずっとリラックスして話した。

「函館《はこだて》の造船所に祖父が勤めてて、いつも家族で夏行くの。だから……、ホントにインターハイ、応援、行っていい？」

「あ、ああ。ホントに応援来てくれたら、絶対勝つからさ。見てよ」

「…………うん」

駅のロータリーを越え、その先の交差点まで来た。振り返って駅舎を見る。私は高鳴る胸に手をあて、

「ヤバかった……」

と、安堵《あんど》のため息をついた。ベルの話を街角なんかで聞くと、いつも心臓がドキドキして、隠れてしまいたくなる。それがルカちゃんやカミシンならば尚更《なおさら》だ。

「でも……、うまくいくといいな」

打ち解けてからとてもいい感じだった。きっと、うまくいくだろう。誰かが邪魔さえしなければ——。

「鈴！」

声がして、交差点を振り返った。

赤信号の向こうのコンビニの前で、しのぶくんがこちらを見ていた。

「……あ」

「カミシンいた？」

私は駅舎を振り返った。二人が話しているのが小さく見える。

「うん。ううん」

頷いて、首を振った。

「どっち？」

「うん。ううん」

頷いて、首を振った。

今大事なところだから、二人をそっとしておいて欲しい、という気持ちを込めた。

何台かの車の音が、私たちの間を走り抜けた。服や髪が、埃《ほこり》っぽい風になびいた。

しのぶくんは、話題を変えた。

「鈴、あのさ……。俺、ずっと鈴に言えなかったことがあって」

「え？」

「鈴さ……」

しのぶくんはこれから何か重要なことを言おうとしている様子に見えた。

「あ……！」

私は、それを先回りして想定した。もしかして。いやまさか。でも。ひょっとして。そんなこと絶対ない。でも。でも。でも……。頬が赤くなる。再びタイミングがやって来たのだろうか。ずっと伝えたかったことを、今ならちゃんと言えるのだろうか。

「し、しのぶくんごめん！　私も、今までしのぶくんに言えなかったことがあって」

「……ああ」

「私、実は」

「わかってるよ」

「私、実は、し――」

「鈴、ベルだろ」

「え？」

私は、一瞬で凍りついた。

「本当は、ベル、鈴だろ」

しのぶくんは、道を挟んで、はっきりと言った。

あまりのショックで、全身がわなわなと震えた。足元がガラガラと崩れ、落下してしまうような感覚が襲ってきた。

「あああああ!!」

「鈴」

何台もの自動車が、私たちの間を走り抜けた。服や髪が風になびいた。

私は車越しに、否定した。

「ち、ちち、違うよ!!」

「鈴」

「違うよっ!!」

悲鳴みたいに叫んだ。

自動車が私たちの間を連続して通過した。大きく風が舞い、しのぶくんは目を細めた。

それらが全て通り過ぎた後、道を挟んだ向こうには、誰もいなかった。

「あ」

しのぶくんは、今までいたはずの私の姿を捜して、あちこちを見た。

「鈴？　どこ？　鈴？」

仁淀川沿いの河原まで、走って逃げてきた。

「ハアッハアッハアッハアッ」

動揺していた。

足がガクガク震えて力が入らず、地面に膝《ひざ》を突き、頭を抱えて首を振る。

「あああああ」

なんてことだ。しのぶくんが知っていたなんて。私が必死に隠してきた秘密が、いちばん知られたくない人に、とっくにバレていたなんて。恥ずかしい。もう終わりだ。何もかも。絶望しかない。

「あああああ、どうしよう！　もう二度としのぶくんの前に出られない。出られない……」

両手で顔を隠して、震えながら泣いた。もう泣くしかない。

そのとき、ブーンと着信音が鳴った。

「ハッ!?」

出ると、スマホの向こうでヒロちゃんの叫び声が聞こえた。

「鈴!!　竜が、大変なことになってるよ!!」

正体

ジャスティス軍団は、廃墟《はいきょ》ユニットに集結していた。

公園の区画から、高層ビルの区画へのゲートを通り過ぎると、「隠された淵《ふち》の滝」や「奇妙な原生林の森」、「遠浅の真っ平らな海岸」が瞬時にフラッシュして、視界は雲一面になった。本来ならこれらは、第三者の侵入を拒む防壁として機能していたはずだが、ジャスティス軍団は、それらを一瞬で通過していった。まるで専用のパスコードでも持っているかのように。

雲海が晴れて、竜の城の姿が、露《あら》わになった。

しかしそこは今までのような閉鎖空間でなく、『U』メインストリームと同じ通常空間に晒《さら》されてしまっていた。

どこからでも、竜の城がはっきり見える。

《竜の城が》《ついに》《暴かれた……》

Ａｓたちは、固唾《かたず》を呑んで見守っている。これから、何が始まるのか？　と。

バンッ、と城の扉が破られ、大勢の隊員たちが中に押し入ってくる。

「オオオオオッ」

広いエントランスはあっという間に隊員たちでいっぱいになった。ハンマーやチェンソー、ドリルなどを手にして、我先にと大階段を上り、廊下を無遠慮に駆けた。そして城内部のあらゆる場所で、無秩序な破壊活動を繰り返した。

バラの中庭も例外ではなかった。彼ら隊員たちは土足で侵入し、花園を蹂躙《じゅうりん》してゆく。薄桃色のバラや黒のバラは、無惨に引き抜かれ、千切られ、踏みつけにされる。

ジャスティンは、『Ｕ』の全てのＡｓたちに向けて訴えた。

「我々は手を緩めない！　竜のオリジンを、白日の下に晒す!!」

その指先には、あの時拾ったバラの花びらがあった。花びらのデータ解析をして、竜の城の場所を特定するのに成功したのだった。

「『Ｕ』に棲《す》む全ての者の前で、必ず罪を償わせる!!」

ジャスティンが宣言すると、背後に多数の企業ロゴが、次々と積み上がっていった。ジャスティス軍団に賛同しサポートするスポンサーの数は未《いま》だかつてないほど膨れ上がっていた。

「フフ……」

ジャスティンは、振り向いてその数をひとつずつ数え、満足げに笑った。

《ついに竜のオリジンが、アンベイルされる》

たくさんのAsたちが街に出て、事の成り行きに注目している。

『U』メインストリームの大型ビジョンには、竜の城のリアルタイム中継と、竜の肖像が大写しになっている。肖像には、「WHO IS THE BEAST」の文字がオーヴァーラップしている。

《本当は誰だろ?》《みんな知りたがってる》《まだ逮捕されてない猟奇犯罪者って噂だけど》《悪質な脱税で儲《もう》けてる実業家だって》

その肖像が、無意識の悪意のフキダシで、隙間なく埋め尽くされてゆく。

《竜ヨ消エロ》《竜ハ何ノ価値モナイ》《竜ハ存在スル意味ナイ》

ぐっとこらえ丸とひとかわむい太郎のYouTubeチャンネルでも、竜の城を中継していた。

ぐっとこらえ丸は叫んだ。

「おい竜よ！　見てるか!?　ああ!?」

ひとかわむい太郎は冷静に言った。

「見てないと思うよ」

「世界中の子供たちがライブ配信でお前を応援してるぞ！　見てるか竜よ！　ああ⁉」

「見てないって。残念ながら」

ひとかわむい太郎は、メッセージを寄せた世界中の子供たちの名前を読み上げた。

「Ian くん13歳、Harper ちゃん14歳、Amelia ちゃん12歳」

「竜が大人にいじめられてる！」

子供たちが、スマホから訴えるようにコメントする。

「聞いてるか⁉　ああ⁉　竜‼」

「次。Oriver くん11歳、Liam くん10歳、Emma ちゃん9歳、Aida ちゃん10歳」

「竜がかわいそう！」

「ええ子たちやのう。かわいいのう」

「次は Camille ちゃん16歳、Jake くん13歳。常連だね」

「誰かたすけてあげて！」

「いつも投稿サンキュー！　どんどん投稿してくれ！」

「はい次。Jiali ちゃん13歳、Yiran ちゃん12歳、Junjie くん13歳、Haoran くん12歳」

「みんなで竜を応援しよう！」

「聞いてるか竜！　しあわせ者め！」

「次、Charlieくん18歳、Leoくん9歳。と、その友達」

「まだ時間があるよ」

「そうだ。まだ時間がある」

「次。Tomoくん11歳。また会えたね」

「竜、を応援、し、よう……」

「Keiくん14歳は？」

ひとかわむい太郎は聞いたが、Tomoくんは答えずに続けた。

「りゅう、を、おうえん、しよう……」

すると突然、
ドーン!!

と侵入者が落ちてきて、2人はひっくりかえった。

「わあっ！」

「なにが応援だバーカ！」

ゴーグルを被《かぶ》った小太りの若者は、Tomoくんのライブ視聴数を指差しながらあざ笑った。「こいつらの視聴数ほとんど一桁《ひとけた》じゃん！」

ひとかわむい太郎と、ぐっとこらえ丸は、抵抗した。

「荒らしだ！　どっから入った!?　さいあく!!」

「なんだお前、コラ、出てけ！」

別の若者たちも、子供たちのビデオチャットの視聴数を笑う。

「影響力なさすぎ!!」「竜消えろ」「消えろ」

「やめて。ここはボクらの場所だ」

「出てけ！　クソ！　ヤメロ！」

更に別の若者も、子供の必死さを笑った。

「なのに必死すぎ!!」「竜ザマア！」「ザマア！」

「もうやめて！　ひどい！　やめて！」

「アホ！　バカ！　出てけ！」

ぐっとこらえ丸は、侵入者たちの画像にドロップキックを何度もかました。

「…………!!」

私は、弾《はじ》けるように立ち上がった。

ヒロちゃんは電話の向こうで叫んだ。

「廃校で待ち合わせよう！」

「うん！」

さっきまで頭を抱えていたことなど忘れ、全速力で河原を駆け出した。

走りつつデバイスを耳にセットする。

ポーン、と確認音が鳴る。スマホに、『U』アプリが立ち上がる。

ボディシェアリングが開始される。


『U』のエントリードアに手を掛け、素早く押し開いた。

あちこちで煙の上がる竜の城が、目前に迫っていた。

打ち破られた扉を乗り越えて、中に入った。

エントランスは、隊員たちがメチャクチャに破壊しつくした後で、柱や手すりの彫刻が、ただの瓦礫《がれき》と化していた。大階段を上り、廊下を渡る。壁には穴が空き、扉は外され、天井のガラスは破られていた。

ダンスホールの入口で、思わず息を呑《の》んだ。

人魚たちが、点々と床に倒れていた。

「ハァ…ハァ…ハァ…」

みんな傷だらけで目を閉じ、苦しそうに息をしている。

「ああっ……」

駆け寄って膝《ひざ》をつき、白ナマコの人魚を両手で掬《すく》い上げた。

「どうして……」

誰に襲われたのか？

傷だらけの人魚は、苦しそうにベルに顔を向けると、薄目を開けて呟《つぶや》いた。

「ゴ主人サマ、ヲ、守ッテ……」

彼女の気持ちが胸に迫った。こんな小さな体で、竜のことを気遣っている。涙が滲《にじ》んだ。彼女たちの気持ちに応《こた》えてあげたい。わたしにできることは何か。

たくさんの足音が聞こえた。

「ハッ!?」

幹部たちを従えて、ジャスティンがダンスホールにやってきた。居丈高に腕組みして、傷ついた人魚たちを見下ろした。

「竜の所へ案内しないと言うものでね」

わたしは見上げて訴えた。

「ひどい……なんてことを」

ジャスティンは、

「気にするな、どうせＡ・Ｉだ」

と、軽く小首を傾げてみせた。まるで大したことない、という風に。

「………!!」

髪が逆立つような強い怒りを覚えた。彼にとっては、誰もが自分によって支配されるべきものでしかないのか。

隊員が駆け込んで来て、報告した。

「どこにもいません」

「もういい。行くぞ」

幹部たちは出口へ行く。ジャスティンは、こちらを振り返り、言った。

「この城に火をつける」

息を呑んだ。

「…………!!」

「どこに隠れようが、奴はどぶねずみのようにあぶり出されるだろう」

ジャスティンは背を向け去って行った。

「…………!」

わたしはくやしさに、唇をかみしめるしかなかった。

そのとき、白ナマコの美少女人魚が、目で何事かを示した。

「ウシロ、ヲ……見テ……」

促されるままに、見た。

岩で閉ざされたゲートが見えた。以前は確かに開いていたはずだ。ゲートの上のうずまき文様を覚えている。

「アナタダケニ、教エマス……」

人魚は、ゆっくり目を閉じながら、最後の力を振り絞るように言った。

すると、しっかり閉ざされた岩に、細かな四角形の切れ目が縦横に入り、次々と分割された岩のパーツが奥へ引っ込んでいった。

隠された通路が、出現した。

ゲートを通過し、ボロボロのらせん階段を上った。以前にも増してキューブ化が進んでいた。まもなく崩れ落ちてしまうだろうということは想像に容易《たやす》かった。階段を上り切ったところで、バルコニーが見えた。

「…………！」

竜が倒れている。

「……ああっ!!」

急いで駆け寄った。

竜は、なんとか起き上がろうとして、バルコニーの手すりに手をかける。

「ハァ…ハァ……。ウウウウ……」

軍団に攻撃されたわけではないようだった。あのダンスの夜、突然背中を丸めて苦しみ出した時と同じ苦しみの中にいる様子だった。また、見えない誰かに殴られているのかもしれなかった。

その背に取り付き、

「大丈夫。おちついて」

とマントの裾《すそ》を引っ張り、出口へ導こうとした。

「心配ない。ここは危険。一緒に逃げよう」

が、竜は、荒い息の中で、

「僕ガ耐エレバ……、耐エサエスレバ、ソレデイインダ……」

と、まるで自分自身に言い聞かせるように呟いた。

「……僕？」

竜が「僕」という一人称を使う不似合いな感触が、引っかかった。

竜は優しい目を向けて、

「ベル……。本当ノコトヲ言エズニ、ゴメン……」

と囁《ささや》くと、バルコニーの手すりにかけた手に、力を込めた。

「あっ、待って!!」

止める間もなく、竜は素早く手すりを乗り越えて、落下した。

「待って!!」

竜は落下から体をひねると上昇気流に乗り、大量の城の残骸《ざんがい》に紛れて、メインストリームの方へ飛び去って行った。

わたしは、それをただ見送るしかなかった。

「……」

ジャスティンの予告通り、竜の城に火が放たれた。

城のあちこちから炎が噴き出して、僅《わず》かな時間も経たないうちに全体に回った。

竜の部屋の中にある暖炉の上の写真も、燃えてゆく。ひび割れたフレームの中の女性の写真も、炎で見えなくなってゆく。

全ては、一瞬で焼け落ちていった。

まるで城全体がペーパークラフトででもあったかのように――。

伊野駅の待合室で、カミシンとルカちゃんが、並んでスマホを見ている。

しのぶくんがやって来た。

「お、しのぶ。これ見ろよ。『U』の中、大混乱だって」

カミシンは、画面を差し出した。

ネットニュースで、燃え盛る竜の城を映している。カメラが切り替わると、誰かを捜している様子のベルの姿が映し出された。キャプションには「Belle appears（ベル現る）」とある。

しのぶくんは、じっと画面の中のベルを見つめた。

「……鈴」

「鈴ちゃん？」

「あいつ、どこ行ったかわかる？」

「さあ……」

ルカちゃんは、何かにピンと来たのだろう。

「ねえ、さっき鈴ちゃんと、思い出の小学校の話したんだけど、そこって、ここから近い？」

「………！」

しのぶくんは、思い当たるように顔を上げ、振り返ると早足で駅舎を出ていった。

「お、おいしのぶ!!」

戸惑うカミシンをよそに、ルカちゃんも小走りで行く。

「え？……ルカちゃん!!」

カミシンも仕方なく、あとを追った。


そのころ私は、ちょうど廃校の教室に着いたところだった。

「鈴！　遅い！」

ヒロちゃんが振り返り叫んだ。

「ゴメン！」

「とりあえず関係ありそうなページ、自動検索かけてる！」

大型モニターの世界地図上に、関連ウインドウが次々と開いていく。

「ジャスティスたちに捕まる前に、彼のオリジンを探さなきゃ」

「どうやって？」

ヒロちゃんは不可能だと言わんばかりだ。

「遠い外国かもしれない。地球の裏側かもしれない。アカウント50億の中からたった1人を探し出すなんて無理だよ!!」

と、悲鳴のように叫んだ。

「彼はどこ!?　ねえ、どこに行ったの!?」

彼の姿を、無数のビルがきらめく賑《にぎ》やかな大通りの中に捜した。だが『U』はあまりにも広く、Ａｓたちはあまりにも多い。

反対に、Ａｓたちがわたしを見つけるのは、難しいことではなかった。

《あ、ベルだ！》《ベル!?》《ベル!!》

指の隙間から見る。髪をかきあげて見る。あらゆるＡｓがハッと目を見開いて見る。

《ベルだ！》《本物？》《やっぱり来てくれた！》

次々とＡｓたちが、こちらに集まってきた。

《すげーレア！》《歌って！》《歌って!!》

「やめて！　彼を見つけなきゃならないの！」

懇願しつつ、前に進もうとしたが、あっという間に大勢のＡｓに囲まれてしまった。

「通して！　お願い!!」

わたしはＡｓの中を喘《あえ》ぐように泳いだ。が、集まるＡｓたちが大波のようにうねり、ついに顔まで埋まってしまった。

「ああっ……!!」

次々と集まったＡｓたちが、球状のカタマリのようになっていく。

《ベルがついに歌うらしい》《サプライズは本当だったんだ！》《待ってたよベル！》

《ベルの声が聴きたい！》《歌って!!》

飲み込まれたわたしを、ヒロちゃんＡｓは啞然《あぜん》として見ていた。

「みんな！　今急いでるんだ！　ベルを解放してあげて!!」

懸命に叫んだが、その声は誰にも届かなかった。

ベルの歌を聴きたいＡｓたちは、続々と吸い寄せられて、どんどん大きなカタマリになっていく。

「囲まれちゃった」

畑の草取り中の奥本さんは、スマホでその様子を見ていた。

「ヤバくない？」

大学の教壇に立つ畑中さんは、ちょうど講義を終えたところだった。

「でも今、鈴んところに行ったら」

酒屋のエプロン姿の喜多さんは、角打ちテーブルに肘《ひじ》をつく。

「実は知ってたってバレちゃう」

白衣姿の中井さんは、今日の診察を全て終えたところだった。

「でも……」

漁港で胴付き長靴を着た吉谷さんは、ゴム手袋を外した。

「行ってあげましょう」

吉谷さんが一声かけると、グループ会話中の聖歌隊の女性たちは、それぞれの分割画面の中で一斉に動き出した。

　ヒロちゃんは、大型モニターに映ったＡｓたちに叫ぶ。

「みんな！　お願いだからベルを……!!」

その横で私は、静かに胸に手をあてて目を閉じた。

もう一度、よく考えてみよう。彼の本当の姿を――。

『傷つけられた!!』

と、スワンは鋭い目で叫んでいた。一方、ビデオチャットでは、にこやかなスワンの側面も見た。極端な両面の、さらにその奥に潜んでいたのは、泣き叫ぶ赤ちゃんAsが示す、孤独な心だった。

竜は、スワンと同じく、孤独な環境にいるのだろうか？

『恋人が負った傷と同じ場所に、タトゥーを入れたんだ』

と、イェリネクはインタビューに答えた。ウェブサイトには、青白い肌に彫られたタトゥーを見せる彼本人の写真が掲載されていた。でも竜のアザは、あんなふうにデザインされたものじゃ絶対にないはずだ。

『子供の頃の僕には手強《てごわ》い病気があって、いくつかの大きな手術を受けた』

と、野球選手フォックスは告白した。かといって、あの手術痕《こん》のような本物の傷ともどこか違う。

デバイスは、生身の体から炎症反応を拾う。私がおでこを打ったら、ベルにもおでこに赤い跡が出たように。だとすれば、竜のオリジンの実際の体にも、背のアザと同じアザがあるのかもしれない。

そういえば、切なくて胸が苦しかったとき、ベルの胸にあざのような丸い跡ができていた。その丸い跡は、ぼんやりと暖かな光を放っていた。切ない胸の痛みも同じように目に見える形に変換されるならば、ダンスの夜の、竜の背中のアザが不自然に震えていたのも同じ理由……？

それに、星空の中で寄り添ったとき。

あのとき見せてくれた、子供みたいな目──。

「子供……？」

ハッと目を開けた。

すると、

ララ……ララ…………ララ……。

どこからか、子供の鼻歌のような声が聞こえてくる。

「子供の声……！」

無数に開くウインドウの、どこかから発されているようだった。

ララ……ララ…………ララ……。

「この曲、私と彼しか知らないはず……」

私が作曲して、ベルがダンスホールで歌ったものに、間違いない。

「どこ!?　どこから聞こえてるの!?」

私はモニターの中のウインドウを懸命に探した。

ちょうど廃校にやってきたしのぶくんたちが、教室の後ろで見ている。ルカちゃんが心配げにつぶやいた。

「鈴ちゃん……」

私は、右手のマウスを必死に動かして、自動検索した膨大な数のウインドウを掻《か》き分けてゆく。

「どこ？　どこなの!?」

　ウインドウが次々と四方へ外れてゆく。

ララ……ララ……ララ……。

歌が、だんだん近づいてくる。

そして——、たったひとつのページに、たどり着いた。

白い部屋の中で、白いパーカー姿の少年が、こちらをじっと見て、歌っている。

ララ……ララ……ララ……。

それはＬＩＶＥ配信動画のひとつ。画面の隅に《ＬＩＶＥ／１人が視聴しています》とある。つまり、私たちしか見ていないことを表している。

「…………!!」

私は、ハッとして見た。

虚《うつ》ろな目のまま、椅子に座って歌っている少年に、見覚えがあった。

「この子、どこかで……」

すぐに思い当たった。

ぐっとこらえ丸のYouTubeチャンネルで見た、あの少年だ。

『竜は、ね。僕の……ヒーロー……なんだ……』

どこか普通と違う感じの子だった。関連動画の中、少年は、父や兄と一緒だった。

『ええ。私たち三人家族、とても仲良しで母親がいなくても元気いっぱい。お互い支え合って……』

「この子が、なんでこの曲を……？」

なぜ、竜と踊った曲を、口ずさんでいるのか？

「拡大する」

ヒロちゃんが、画像編集アプリを起動させる。モニタの中の少年の顔へどんどんズームしてゆく。画面が粗くなっては補正、粗くなっては補正を繰り返すうち、虚ろな黒い瞳《ひとみ》の中に、誰かが映り込んでいるのが見えてくる。

「…………!!」

そこに映っていたのは、竜の城のダンスホールで微笑む、ベルだった。

「ベルが……」

私は、愕然《がくぜん》として、瞬《まばた》きもできない。

この事実を、どう考えればいいのか？

ララ……ララ……ララ……。

少年は、フワフワした足取りで部屋の奥へ歩いて行った。広い部屋だが、ほぼ何も置かれていなくてがらんとしている。固定されたアングルからは、入口のほかに小さい窓がひとつしか見えない。白い壁にたくさんの小鳥が乱れ飛ぶ壁紙が、印象的だ。壁に接するようにテーブルがあり、ガラスの花瓶に赤いバラの花が飾られている。

ヒロちゃんが聞く。

「じゃあ、この子が竜のオリジン？」

「でも何か変……」

「変って？」

「どうしてもこの子が、彼だと思えない」

「確かに。アザもなさそうだし……」

ヒロちゃんが言いかけた時。

バンッ、と突然の大きな物音が、画面の中で響いた。

「ハッ!?」

私は目を見開いてモニターを見た。

「……」

入口から、少年の父親が、ゆっくりとやって来た。

以前の関連動画で見覚えのある顔だった。シングルファーザーだと言っていた。眉《まゆ》毛《げ》が太く、胸を張り堂々とした姿勢。シャツの袖《そで》から、太い腕が伸びている。高級そうな銀色の腕時計をしている。

「知《とも》、その歌は何だ？」

静かに、父親は言った。

「……………」

「父さんが仕事しているのに、迷惑になるとわからないか？」

が、知くんはまるでそれを無視するように、体を揺らし歌い続けた。

画面の隅のＬＩＶＥ表示が《2人が視聴しています》と変わる。私たち以外の誰かが、この画面を見始めたのだ。

知くんは体を揺らし続ける。

父親は、じっと知くんを見つめていた。

「……………」

唐突に父親は、テーブルの上の花瓶を、左手でなぎ倒した。

花瓶は床で粉々になり、赤いバラの花が、血のように点々と床に散乱した。

知くんはびっくりした様子で鼻歌を止め、まるで糸の切れた人形のように、ゆっくりと尻《しり》もちをついた。

「………!!」

あまりのことに、私は言葉も出ない。

父親は、太い眉を吊《つ》り上げて、自分の子供を見下ろした。

「なぜ、いつも父さんの言うことを聞けない？」

画面の隅のLIVE表示が、再び《1人が視聴しています》に変わった。さっき見始めた人が、びっくりして退出してしまったのだろう。私たち以外、この画面を見ていない。

父親は続けた。

「世の中にはルールがあるように、この家では父さんの言うことがルールだ」

静かに諭す声を、知くんは虚ろな表情で聞いている。

「それに従えないなら、おまえには何の価値もない。もう一度教えなければわからないか？」

言いながら父親は、固めた右手の拳《こぶし》を、見せつけるように上げた。

「わからないなら……」

殴られてしまう。思わず私は、目を閉じてしまう。

が、そこに――、

「やめて!!」

と、鋭い声がした。

黒い服を着た別の少年の姿が、父親と知くんの間に割って入った。

「知くんを責めないで!!」

拳を上げる父親ともみ合い、なんとか押し止《とど》めている。

「どけ」

「やめてよ!!」

「なんだその目は!?　どけ!!」

「あっ!!」

と、黒い服の少年は倒されて、ポケットから、表面がひび割れたスマホが滑り落ちた。

黒い服の少年はそのまま庇《かば》うように知くんに覆い被《かぶ》さり、耳を塞《ふさ》ぐ。「知くん、聞かないで」

父親は見下ろし、大声で怒鳴った。

「誰のおかげでここにいられると思ってんだ!?」

黒い服の少年は、消え入りそうな声で、謝罪するように言った。

「悪いのは僕だから。知くんじゃない」

「恵《けい》、おまえは14にもなって、そんなこともわからないのか？」

「悪いのは僕だから……」

「お前に一体、何の価値があるんだ!? あ!?」

恵くんは、父親が怒鳴るたびに、背中が跳ね上がるように身を縮めた。そして震えながら、懇願するように呟《つぶや》いた。

「みんな、僕が悪いから……」

父親は、言葉の暴力を恵くんの背に投げかけ続けた。まるで上司がミスをした部下を叱責《しっせき》するように。

「おまえさあ、もう消えろ。な、消えろ。価値がないならもう消えろ!!」

そのたびに、まるで本当に背中を殴られているように、恵くんの背中は震えた。

「うっ……、うっ……!……うっ!!」

私は思い出す。

あの夜の竜も、まるで見えない何かから殴られているように、震えていた。

『グッ……!! グッ……!!』

竜は、苦しそうに声を漏らしていた。

——僕ガ耐エレバ……、耐エサエスレバ——

その言葉が、恵くんの姿とダブる。

もうひとつ発見があった。

恵くんが落としたスマホの待ち受け画面——、バラを持った女性の姿があった。竜の部屋にあった、バラを持った女性の写真と同じだ。そしてヒビ割れも全く同じ——このスマホのガラスの、ヒビ割れだったのだ。

「見つけた……」

私は確信し、声に出して言った。

恵くんの乱れた髪の隙間から、固く閉じた目が、見えた。

「この子が……、彼だ……」

仮面

ちょうど17時、防災行政無線のスピーカーから『朧月夜《おぼろづきよ》』が流れている。

聖歌隊の女性たちが、次々と廃校小学校に到着して、自動車をグラウンドに停車させた。

2階に上り、教室の後ろの扉から、そっと中を覗《のぞ》く。

教室の中は、緊張した空気が流れていた。

大型モニターには、白い部屋が映っている。ウインドウの中で、薄く音楽のような音が聞こえる。恵くんは、知くんの耳を塞いだままじっと動かない。父親は、しばらく二人を見下ろしていたが、不意に踵《きびす》を返し、廊下に消えた。

バタン、と奥のドアが閉まる大きな音がした。

「本当に親なのか……？」

カミシンが呟いた。その横でルカちゃんも絶句している。

しのぶくんは、厳しい目で見ている。

ウインドウの中で、知くんが、恵くんを心配げに覗き込んでいる。

「恵くん、大丈夫？　恵くん……」

恵くんは、体を折って項垂《うなだ》れたままだ。

こんな線の細い少年が、竜だったなんて、信じられない。

ヒロちゃんは、ひとりごとのように呟く。

「そっか……。わかった気がする。恵くんは、知くんにヒーローの姿を見せて励ましたかった。この状況の中で……」

恵くんはやっと顔を上げる。知くんを落ちつかせるように、声をかけている。

その様子を、ヒロちゃんはじっと見つめている。

「竜がなぜ強いのか？『U』のボディシェアリング技術が隠されたもう一人の自分を明らかにする装置なら、この抑圧された状況こそが強さに接続されたんだ。ベルになった鈴と同じように……」

私は、恵くんと直接話をしたい、と思った。話さなきゃ。

手元のマウスに手を伸ばす。

このLIVE配信動画（ビデオチャット動画）には、直接通話できるボタンがある。

イェリネクやスワンに接続したのと同じ機能だ。

画面の左下、グリーンの通話ボタンと、赤の通話終了ボタン。

グリーンのボタンを押せば、直接会話できる。

しかし、押せない。

さっきみたいなことがあったのに、この状況で、すぐに話せるのだろうか？

矢印《ポインター》が、迷うように揺れる。

恵くんは、やっと上半身を起こした。知くんは安心したように離れて、壁に背をつけて座った。

今しかない。

私は衝動的にマウスを掴《つか》むと、グリーンの通話ボタンを押していた。

《着信しました》

と自動音声が言い、画面に私《ベル》のチャットアイコンと名前が表示される。

ウインドウの中で、恵くんと知くんは、

「………？」

気が付いてこちらを見た。ちゃんと聞こえているようだ。

心臓が高鳴る。震えながら呼びかけた。

「……私が、見える？……声が聞こえる？　今、見てたよ。全部……」

恵くんは、こちらを見つめ、ゆっくりと立ち上がった。その姿が、自然に竜の姿に重なって見える。

私の意識も、自然にベルになった。

「大丈夫。もう心配ない」

ベルとして、私は語りかけた。

「私、あなたのところに行きたい。教えて。そこはどこ？　教えてくれたら」

ところが、そんな言葉を遮って、恵くんは、鋭く言った。

「お前、誰だ？」

「……!?」

誰、って……。

ヒロちゃんはハッと私を見上げて、小声で言った。

「リアルじゃ初対面だよ!!」

私は、急速に戸惑い、面食らい、自信なく、まごつきながら、言った。

「わ、私、ベル……、だよ……」

壁を背に座る知くんは、首を伸ばし反応した。

「……ベル！」

だが恵くんは、

「そんな訳ないだろ」

と、吐き捨てるように否定した。

その通り。自分がベルだと言うだけなら、誰だって言える。何も証明できない。本人だと証明する手立てがない。そんな奴の言うことを、誰が信用するだろうか。

突然、《着信しました》と自動音声が鳴った。

私以外に、3つのチャットアイコンが次々と画面に表示された。

若い声たちが、入室してくる。

《ほら見ろ、ホントだろ？》

《ヤベェ、暴力の現場！》

《警察に通報だ！》

このうちの一人は、先ほど一瞬だけ入室した者に間違いない。友達を連れて確認にやってきたのだ。彼らは土足で乱入するように無責任に騒ぎ立てると、アハハハ、と耳障りな笑い声を残して退出した。

ツ――ツ――ブチッ。

3つのアイコンが消え、私のアイコンだけになった。視聴数が《1人が視聴》に戻る。

恵くんは、表情を変えずに、ゆっくりとこちら（Ｗｅｂカメラ）に、歩いてくる。

「あんたも、人の秘密を覗き見して笑いたい人？」

「違う……」

「今の見てどう？　人が苦しんでるの見て、楽しんだかい？」

「違う!!」

先程の笑い声たちと、私は同じだと思われているのだろうか。そうじゃない。そうじゃないのに。泣きそうになるのを必死に堪《こら》え、どうか伝わるように、と願いを込めて語りかけた。

「……私、あなたたちの力になりたい。だから通話ボタンを押した。助けたいの。何か助けになることが私に」

遮るように、恵くんは立ち止まる。

「助ける？　どうやって？」

「…………！」

どうやって。助ける。どうやって……。

恵くんは、鋭い目でこちらを睨《にら》みつけた。

「助ける。助ける。助ける。今まで何度も聞いた。お父さんとよく話します。お父様と話し合いました。お父様はよくわかって下さいました。でも、どうにもならなかった。助ける。助ける。助ける。ねえ、なのに、何ができるっていうの？」

「…………！」

絶句した。何も言えない。

まるで圧力で押し戻されるように、私は退いた。

「助ける。助ける。助ける。何も知らないくせに。助ける。助ける。助ける。口先だけならなんだって言える。なのに助ける。助ける。助ける。あなたたちを助けたいの。あなたたちの力になりたいの。助ける。助ける。助ける。哀れんで泣く。同情で泣く。でも結局何も変わらない」

恵くんは、奥底に言い知れない怒りを堪えつつ、こちらを睨み続けている。

こちら――、それはもはや私などですらなく、なまっちょろい世間、社会、世界に対してであり、無責任な言葉、無慈悲な態度、無寛容な心、弱者に対しての無自覚な見下し、そしてそれらを隠蔽《いんぺい》する欺瞞《ぎまん》。恵くんの眼差《まなざ》しは、そのすべてに向けられた刃《やいば》のように、私には思えた。

「助ける助ける助ける助ける助ける助ける助ける助ける助ける助ける助ける助ける！うんざりなんだよ!!」

内在する怒りを全て吐き出すように、恵くんは、体を揺らして吠《ほ》えた。

「もう出て行けっ!!」

その恐ろしい目つきは、鋭い牙《きば》を剝《む》いて吠えたときの、竜そのものだ。私は、あの時のベルと同じく、目を固く閉じて身を縮めるしかなかった。

恵くんは、キーボードのコマンドを操作して、回線を切った。

ブチッ。ツ――ツ――。

瞬時に画面にエラーコードが表示され、不通音が鳴る。

《An error occurred. Please try again later……》

私はあっと気づき、

「恵くん、ねえ、返事して！」

と、慌てて通話ボタンを押した。が、画面は無反応のままだ。

「もう切れてる」

ヒロちゃんは、ぽつりと言う。

が、かまわず必死に叫んだ。

「どこいるの⁉　返事して！」

「信用されてないんだよ‼」

同じほど大きな声でヒロちゃんは私を制し、それから下を向き絞り出すように言った。

「……どこにいるかなんて、絶対教えないよ」

ルカちゃんが呟《つぶや》く。

「どうしたらいいの……？」

喜多さんの口からも、同じ言葉が漏れた。

「どうしたら……」

その場にいる全員が、答えを見つけられずにいた。

その中でしのぶくんはひとり押し黙り、じっと考えているようだった。長く。深く。

そのあと、ゆっくり顔を上げると、私の背中に向けて言った。

「素顔のままで、歌う」

私は、矢で射られたように、息を呑《の》んだ。

「…………!?」

暗闇に声がした。

「ベルのために場所を空けろ!!」

取り囲んでいた大勢のＡｓたちが、ザザザザザ、と一斉に退いてゆく。

広がってできた空間は、まるで大きな卵の内側のようだ。

Ａｓたちの声が、こだまする。

《歌って》《ベル》《歌って》《ベル》《お願い》《歌って……》

無数のＡｓたちでできたカタマリは、内部に空間を作るため、外側を膨らませた。

その上に新しいＡｓたちが次から次へと集まってくるので、みるみる巨大化していった。

ジャスティンと幹部たちは、ビル街からその様子を見下ろしている。

「よく見ていろ。彼女が歌えば奴は来る。以前もそうだった」

狙い澄ますように、ジャスティンは目を鋭くさせる。

「奴は必ず来る。必ず……!!」

カタマリは、公園の中心で、更に大きくなっていった。

わたしは、その中で下を向き、考え続けている。

「………」


廃校の教室で、しのぶくんは静かに、しかしはっきりと言った。

「ベルじゃなく、鈴のままの姿で呼びかける」

私は絶句したまま、動けなかった。

「はあ!?」

ヒロちゃんが睨みつけるように振り返った。

「ちょっと何言ってんの、しのぶくん!!」

しのぶくんは、私をじっと見たまま、続けた。

「もう一度連絡を取る方法は、それしかないと思う」

ヒロちゃんはイスの背から乗り出して、全否定するように大声を出した。

「ねえ何言ってんの⁉　それがどういうことかわかってる⁉　鈴が今まで積み上げてきたものが全部ゼロになっちゃうんだよ！」

「ああっ……‼」

私は机に両手をつき、がっくりと項垂《うなだ》れた。ヒロちゃんの言うとおりだ。

「でも信用してもらうには、それしかない」

しのぶくんの意見は変わらない。

ヒロちゃんは、しのぶくんに言っても埒《らち》が明かないと思ったのか、下を向く私の腕を摑《つか》んで、説得するように何度も大きく揺らした。

「鈴‼　あんた今まで何のためにやってきたの⁉　昔のダメな自分に戻っていいの⁉　元の泣いてばかりいる自分に戻っていいの⁉　それでもいいの⁉」

「うううううううう‼　ああああああああ‼」

私は揺さぶられながら、もはや言葉にならない懊悩《おうのう》の唸《うな》り声を絞り出し、激しく首を振り続けた。

この状況に、ルカちゃんやカミシンは、言葉もない。

喜多さんが、辛《つら》そうな表情で見守る。

奥本さんは厳しく見つめている。

吉谷さん、畑中さんも同様だ。

中井さんは腕組みしながら、甘くない表情で見つめている。

しのぶくんは、冷静に言った。

「彼らは自分の正体を事実上明かしてしまっている。鈴が仮面をつけたままで、彼らに一体何ができるの？　素顔を隠したままで、何が伝わるっていうの？」

私は、岐路の前にいた。

どうする？

どうする？

卵形のカタマリの中でわたしは、同じように下を向き、震えて首を振った。

ジャスティンは、変化のない様子に業を煮やし、

「ええい！　なぜ歌わない⁉　くそっ‼」

と怒鳴ると、

「あっ⁉」

幹部たちが止める間もなく、飛び出して行った。

卵形のカタマリにつっ込み、内部へと入って行く。

教室の大モニターの中央に、カタマリの内部が映し出されている。

その前で私は下を向き、考えていた。

内部を映したウインドウが画面いっぱいになる。

長い間、揺れ動いた。どうすべきかわからなかった。

だが今この瞬間、はっきりした。私がすべきことが、非常にクリアになった。

私（わたし）は、決意して、ゆっくりと顔を上げた。

わたし（私）は、決意して、ゆっくりと顔を上げた。

何かが、近づいてくる。

「歌え!!」

ジャスティンだ。カタマリの内部に侵入してきた。

「歌って、醜い竜を引き寄せろ!!」

わたしは、見据えつつ、ゆっくりと左手を上げた。

ジャスティンは両手を前に突き出して、一直線に向かってくる。

「歌えっ!!」

ガシッ、とその右手をひねって掴んだ。

「うっ!! 何をする!?」

右手を掴まれ、ジャスティンは動揺している。

わたしは叫んだ。

「光を放て！」

「なに!?」

「わたしに、その光を放て!!」

強い眼差《まなざ》しで、ジャスティンを見た。

ジャスティンは驚き、目を見開いた。

卵形のカタマリの内部から、突然、緑色の光が眩《まぶ》しく輝いた。隙間からいくつもの光の帯が漏れ出す。

集結していたＡｓたちは、その光を不思議そうに目撃した。

「何だ……？」

カタマリの内部で、ジャスティンは驚愕の表情で叫んだ。

「バカな!? 自分でアンベイルする奴などいない!!」

ブウウウウン……。

ジャスティンの右手のブレスレットから、金属の翼が勢いよく飛び出し、大きく羽ばたいた。

同時にレンズ体が、アンベイルの緑色の光を最大出力で放出した。

その光を、わたしは全身に浴びた。

風と光の粒子と水泡が、全身を洗い流していくように渦巻く。髪も、脚も、腕も、指も、爪も、まつ毛も、唇も、あらゆる要素がはぎ取られてゆく。

　かつてジャスティンは言った。

『通常なら、デバイスで読み取られた生体情報は、特殊なプロセスを経て登録したＡｓに変換されます。ですがこの光は、その変換を一切無効にしてしまう。オリジンそのものがダイレクトに『Ｕ』の空間上に描写されてしまう。これがアンベイルのしくみです――』

　そのことが、今まさに、わたし自身の体で起きようとしていた。

『Ｕ』に棲《す》む多くのＡｓたちは、これから何が始まろうとしているのかを目撃しようと、続々と巨大な卵形のカタマリに向けて集結していた。

　そのとき、バンッ、と、カタマリ上部に、一筋の裂け目ができた。

　そこを起点に、無数のＡｓたちが下へと崩れ出した。崩れはさらにもっと大きな崩れを引き起こし、裂け目が次から次へと広がっていった。無数のＡｓたちは轟音《ごうおん》とともに、『Ｕ』メインストリームの広大な「公園」の区画へと、押し流されていった。

　崩れてゆくカタマリの中心で、緑色の光を放つ小さなシルエットを、誰かが見つけた。

「あ……!」

きっとあれが、ベルに違いない。

しかしそれを見た別の誰かが、大きな悲鳴をあげた。

《きゃああああっ……!!》

悲鳴はすぐに伝播《でんぱ》した。

《な……》《なんだあれは……!?》

Ａｓたちは騒然となった。誰もが指差しながら、愕然《がくぜん》と見た。

緑色の光に包まれたベルの姿が消えゆくのと反対に、眩しく輝きながらゆっくり降下してくる人物。

それは、学生服を着た、少女の姿だ。

その背後を、ふたつの金属の翼が、一緒になって降下している。誰かをアンベイルしたら折れてしまう仕組みになっているのかもしれなかった。折れた翼とともに天から下降する姿は、翼を捥《も》がれた堕天使そのものに見える。

少女——。それは生身の私だ。

《ベルの、オリジン……》

ネクタイを風になびかせ、膝丈《ひざたけ》のプリーツスカートを翻し、全世界でたったひとり、そばかすだらけのオリジンを晒《さら》して落下する私の姿を見て、Ａｓたちは大きくどよめいていた。

《全然違う……》《そばかすは同じだが》《デバイスがスキャンしたオリジンの生体情報と衣服情報をダイレクトに描写しているんだ》

　ヒロちゃんＡｓは、その光景を見ていられない。

「ああっ……!!　なんてことを……!!」

と、思わず両手で顔を覆っている。

　私は、空間に着地した。緑の光が断続的に消えてゆく。

公園に集結したＡｓたちが、見渡す限り遠く先まで広がっているのが見えた。何百万？　何千万？　何億？　どれだけいるのかわからない。私は、ここまでの凄《すさ》まじい数の人が一箇所に集まる様を、いままで見たことがない。

「………!!」

　直視できないほどの極度の緊張が私の全身に走り、手も、足も、指も、顎《あご》も震えていた。

　Ａｓたちは、騒然となっている。

《ベルがアンベイルされた？》《誰がアンベイルしたの？》《いや、自分でだ》《自分!?》《なぜ!?》《何のために!?》

その片隅に、ペギースーの姿もあった。ベルがアンベイルされた瞬間を見にきたひとりだ。

「ベル……。こんな普通の娘《こ》だったなんて……」

ペギースーはゾッとした。

「あたしと、一緒じゃん」

素顔は、ベルよりも自分のほうがひどいかもしれない。現実世界では夢を見ることすらできなかった底辺暮らしのあたしが、『U』によって生まれ変わった。せっかく手に入れた夢を、誰が自ら手放すというのだろうか？

もしこれが自分だったら、とても耐えられないだろう。自分のオリジンを全世界に晒すなんて、裸になるよりも最悪だ。

しかし、ベルは、自分からオリジンを晒したという。

なぜ？

ペギースーには、わからない。

ヒロちゃんは、頭を抱えて首を振った。

「必死に守ってきた私たちの秘密が……」

しのぶくんは前に進み出て、

「曲流すアプリって、これ？」

と、机の上のノートパソコンを操作した。

「ハッ⁉ やめてっ‼」

ヒロちゃんは悲鳴をあげて、しのぶくんの腕にしがみついた。

が、しのぶくんはかまわずモニターを見上げた。

「鈴」

そして、クリック。

歌

『U』の街に、前奏が鳴り響く。

私は、Ａｓの大群衆の中、向かい風を受けて、ひとり立っていた。

しかし私は、風に吹かれたまま微動だにしない。


「鈴、歌って」

しのぶくんは語りかけた。

「できないよ!!　素顔でなんか歌える子じゃないよ！」

ヒロちゃんは、しのぶくんの腕を激しく揺らして止めようとする。

「歌えるよ」

「歌えるわけない！」

喜多さんは固唾《かたず》を呑む。

「鈴」

そしてルカちゃん。

「鈴ちゃん」

奥本さんは険しい表情のままだ。

「どうする」

吉谷さんも厳しいまなざしで見ている。

「鈴」

私は、顔を伏せたまま、歌いはじめた。

「歌った！」

中井さんは、思わず前のめりになった。そして畑中さんも。

「人前で歌えない子が！」

声なんてまともに出ていない。下を向いたまま棒立ちで歌う私に、いくつもの円形の帯が取り巻いていく。様々な言語に翻訳された歌詞が流れる。

きらめきの花　夢の宝石

世界は美しい

1フレーズを歌うのがやっとだった。とても前を向いていられず、たまらずに背を向けた。

ザワザワザワザワザワ……。

大群衆の戸惑いやどよめきが、背後から伝わってくる。

一斉にネットニュースが、ベルの記事を書き立てた。

《ベル、アンベイルされる》《オリジンを世界中に晒す》《その意外な正体は⁉》

同じく、Ａｓたちのフキダシが爆発的に増殖する。

《見た？》《ベルが》《アンベイル？》《嘘⁉》《ベルの正体？》《誰⁉》

次々と縦型の巨大スクリーンが立ち上がり、仮設のステージのようなものが出来上がる。背を向ける私の姿をその巨大スクリーンに逐一映してゆく。

どこにも逃げ場はない。

私は、覚悟を決めて、前を向いた。

『Ｕ』の街に、黄昏《たそがれ》の光が、深くなっていくのが見えた。

　　臆病と不安　縛られるけど
　　強く優しく　なれたなら

声が十分に出せていない。それでも目を閉じたまま歌い、歌い終えると同時に、私はまた顔を下に伏せた。

様々な角度でスクリーンに映る私の姿を見て、Ａｓたちは啞然《あぜん》となる。

《震えてる……》

口がガタガタと震えてしまっているのが、はっきり映し出されている。

《声は確かにベルだけど……》《自信なさげ》《悪いけど、気の毒なほどダサい娘》

《やめてくれ。夢を壊さないでくれ》《ベルのままでいてほしかった》

たくさんのスクリーンが、私の頼りない姿を映している。

《でもさ、なんでベルはアンベイルされたの？》《いやだから自分で晒《さら》したんだって》

さまざまな憶測をめぐらせている。

《どうして自分で正体を明かしたの？》《何か理由があるんだ》《ああ、そうしなきゃいけない訳が》《だとしたら何？》《どんな訳が？》

Ａｓたちは、ただただ呆然《ぼうぜん》として、ステージを見つめていた。

私は、下を向いたままだ。

ペギースーは心配げに、アンベイルされたベルを見やっていた。

後ろの若い猫耳女たちが話しているのが聞こえる。

「やっぱりね」

「そうだと思った」

「アンベイルされてかわいそうに」

「ダッサ」

ククククッ、と顔を見合わせて残酷に嘲笑《あざわら》った。

それを聞いてペギースーは無性に悔しくなる。

苦労知らずのこの小娘たちに、ここから立ち去れ、と言いたくなる。

自分だってさっきまで彼女たちと同じように思っていたはずなのに、なぜだろう、どうしてこんなに腹が立つのだろう？

「ベル。あんな奴らに好き勝手言わせるなよ……」

あの空は　戻らない
ひとりでは　生きられない

一筋のピンスポットライトが、私を照らす。

顔を上げ、胸に手をあてて、歌った。

あいたい　もう一度
胸の奥　ふるえてる

ここにいるよ　とどいて
はなればなれの　君へ

Ａｓの誰もが、呆然としたまま、聴いている。
美女も、モンスターも、犬も、猫も、鴨も、強面《こわもて》も、イケメンも、レスラーも、妖《よう》精《せい》も、仙人も、海の生き物も、山の生き物も、武者鎧《よろい》も、スナイパーも、ハンマーも、とんがり帽子も、星型のフェイスアートも、ツインテールも、マーメイドも、セイレーンも。

目を閉じた　時にだけ
会えるなんて　信じない

あいたい
はなればなれの　君へ

歌い終えると同時に、ピンスポットライトが消えた。

ちょうど『U』の真夜中モードの時間と重なり、天井のビル群の光が一斉に消えた。

『U』全体が、暗闇に包まれる。

オオオオオオオオオオ!!

Asたちの大歓声が、闇に響き渡った。

《やっぱり彼女は、オレたちのベルだ!》《ベルに間違いない!!》

《おそらくベルは特定の誰かに向けてこの歌を歌っているんだ》《ああ、まるでそんな感じだ》《この『U』にいる何十億の中のたった一人に》

私のうしろのスクリーン群が、ひとつ、ふたつと消えていく。

《どうしても伝えなきゃいけないことがあるみたいに……》

《そもそもベルはデビューからずっと、たった一人に向けて歌ってた感じだよね》

ついに、スクリーンが全て消えて、暗闇になる。

《そう、それが自分に向けて歌ってくれてるように聞こえて、嬉《うれ》しかったのを覚えてる》《僕も……》《私も……》

《でも本当は、誰に向けて歌っていたんだろう》

《気になるよね》《誰なんだろう?》

真夜中モードの中、地平線の向こう、ユニットの隙間に、ゆっくりと『U』の形の月が移動している。

渦巻く風の中、私は前方を見つめ、遠い昔を思い出していた――。

「助けて!!……助けて!!」

泣き叫ぶ女の子の声が、河原に響き渡った。

あっという間に川が増水して、ひとり中洲《なかす》に取り残されていた。

大人たちは、口々に言った。

「ああ、何てことだ!」「助けなきゃ!」「いや、行くな!」「なぜ!?」「助ける方も溺《おぼ》れる!」「ならどうする!?」

4歳か、5歳。私よりも、小さい子。都会から来たのだろう、派手な色の服を着て、どうすることもできずに泣き叫んでいる。

大人たちは声を張り上げる。

「浮き輪を投げて掴まらせろ!」「無理だ! 子供だぞ!」「警察かレスキュー隊を!」「間に合うわけないだろ!」「じゃ、どうする!?」「どうするんだ!?」「どうする!?」

そんな大人たちの怒号を、幼いしのぶくんも聞いていた。

ふと横を見ると、しのぶくんの視線の先に、私の母さんがいた。

どうするべきか迷っている表情に、しのぶくんには見えたという。

迷いの中、それでも母さんは、駆け出した。観光カヌー用の赤いライフジャケットを拾い、手早く着込んだ。

私は、母さんの服の裾《すそ》にすがりついて懸命に引っ張り、行かせまいとした。

「行かないで、かあさん!!　行かないで!!」

母さんは、しゃがんで私の手を取った。

「だめだよ。行かなきゃあの子が死んじゃう」

そうだ。確かに、母さんはそう言った。

それから私を振り切るように立って、走って行ってしまった。私は、慌てて追いかけようとしたが躓《つまず》いて倒れた。身を起こして遠ざかる背中に力一杯叫んだ。

「かあさんっ!!　かあさんっ!!　かあさんっ……!!」

でも母さんは振り返らなかった。女の子の居場所を確認しつつ、川上から水に入り、流れに乗って助けに向かった。

小雨が降り出した。

女の子が川から助け出された。男たちが引き上げている。大人たちが駆け寄る。

「早く早く!」「大丈夫!?」「救急車!」「急いで!」「早く!」

私は、雨に濡《ぬ》れながら、じっと見ていた。

「がんばれ！」「もうすぐだ！」「助かった……！」「奇跡だ！」「よかった……！」

女の子は、赤いライフジャケットを着せられていた。それは、母さんが身に着けていたはずのものだった。

私はその瞬間、何が起こっているのかを、いっぺんに理解した。

母さんが、いない。

「かあさん……かあさん……。………かあさんっ!!」

何度も呼んだ。だが、母さんの姿はどこにもなかった。遠くで、救急車のサイレンの音がした。女の子は、毛布に包《くる》まれ、たくさんの大人たちに担がれて、河原を後にしていく。みんなそのことに夢中で、私の母さんがいないことに誰も気づいていない。

「かあさんっ!!」

私だけが、声を張り上げて、呼び続けた。

何度も。何度も。何度も。

小雨の中、川の流れは勢いを増していく。

そのときだった。

「……ハッ!?」

対岸に、母さんがいた。

激しく流れる川の音が、まるで聞こえなくなってゆく。

「か……」

私は、声に出そうとして、声にならなかった。かわりに、涙や鼻水がたくさん滲《にじ》み出てきた。

母さんは、対岸から私をじっと見ていた。

笑っている。なんで笑っているの？　一緒に遊んだ時と同じふうに笑ってる。

涙で滲んで、前が見えない。

「行かないで……!!」

ひとりにしないで。

ひとりじゃ、生きていけないの。

私は、ゆらゆら揺れながら前に歩み出た。

河原の石で、一歩ごとに、不安定に揺れた。

私は、引き寄せられるように、速い川の流れの中へと歩いていった。

そのとき、

「鈴！」

私の手を強く握って引き戻そうとする、もうひとつの小さな手があった。

しのぶくんだった。

激しく流れる川の音が、私の耳に戻ってきた。

繰り返し、思い出される光景。

しのぶくんがミニバスのボールを手にやってきて、しゃがんで泣く私の顔を覗《のぞ》き込む。

その場所が、今もある。

廃校小学校のグラウンドの、ちょうど鉄棒が並んだ横のところだ。

今、しのぶくんは、2階の教室から窓越しに、その寄り添った場所を見下ろしていた。

「俺は鈴のお父さんじゃないし、仲良しな女友達でもない。けど、もうひとりくらい鈴を心配してる奴がいてもいいって思うんだ」

ルカちゃんは、合点がいくように、手を口に添えた。

「あ、それでおかあさん……」

奥本さんは、思い出すように瞬《まばた》きした。

「しのぶくん、ひとりじゃない。私らだって」

中井さんは、切ない眼差《まなざ》しで見つめた。

「ずっと鈴のお母さんがわりだって、思ってたんだ」

喜多さんは微笑みながらうつむいた。

「お母さんのつもりで笑って、怒って、泣いて――」

畑中さんは、滲んだ涙を指で拭《ふ》いた。

「頼りないダメ母親たちだったけど」

吉谷さんは、胸に手をあてて、

「私たち、鈴のおかげで、うんと幸せになったんだよ」

と、瞳《ひとみ》を潤ませた。


月の明かり以外、『U』の街は、漆黒の闇の中にあった。

私はその暗闇に目を凝らしていた。

「恵くん……。どこにいるの……？　ねえ応《こた》えて……。声を聞かせて……。恵くん……。ねえ、恵くん……!!」

その、胸の想いが、歌になった。

言葉にはならず、ただ声を震わすだけのものだったけど。

ラララララ、ラララララ、ラララララ――。

私の胸に、ぼんやりと光が灯《とも》った。

最初は胸の真ん中の小さな点だった。それが、歌うにつれ少しずつ大きくなっていく。内側から外側へと、静かに広がるようにその光は放たれた。まるで、胸に掲げた蠟燭《ろうそく》の灯火《ともしび》のように。

この光を、以前にも経験したことを思い出す。竜の部屋の前で泣いた時のこと。当てた手をゆっくり広げると、胸にあざのような丸い跡ができていた。その丸い跡は、ぼんやりと暖かな光を放っていた。

それと同じだ。ボディシェアリング技術が、切ない胸の痛みを目に見える形に変換しているのだ。

歌うほどに光は、強さを増していった。

思わずそれを見て、畑中さんのＡｓは呟《つぶや》いた。

「鈴……！」

奥本さんのＡｓも、声が漏れた。

「鈴、あんた……！」

聖歌隊の女性たちは、Ａｓとして『Ｕ』の中にいる。それぞれ、色とりどりの素敵なＡｓたちのデザインは、女性たちにとても似合っている。

「鈴ちゃん……！」

ルカちゃんとカミシンも、Ａｓとして『Ｕ』の中にいた。

ルカちゃんＡｓは、青い鳥のＡｓで、アルトサックスを持っている。犬型のカミシンＡｓが背負うのは、大きなカヌーだ。

私は、歌い続ける。

ラララララ、ラララララ、ラララララ――。

あるＡｓは、目から涙の粒をこぼす。

強面のＡｓは、その外見にそぐわないほどに涙ぐむ。

ラララララ、ラララララ、ラララララ――。

そんな何人かのＡｓたちの胸に、私と同じような光が灯った。

暗闇の中に、ひとり、ふたり、さんにん、と。

それが次々と広がっていく。まるでリレーのように、前方から後方へ、胸の光が伝《でん》播《ぱ》していく。

何十、何百、何千、と。

胸の光が、歌の呼吸に合わせてエモーショナルに揺らめく。

言葉にならない想い。嘆きのように、励ましのように、悲しみに寄り添うように、そこから立ち上がれるように。

ヒロちゃんＡｓは、その光景を見て、

「あんた……、私しか友達いなかったくせに………。なのに、なのに……！」

と涙を浮かべた。その胸にも、光が灯る。

ウェーブのように光の波は、地平線まで広がってゆく。

何万。何十万。何百万。

大勢のＡｓたちの胸の光のひとつひとつは、やさしく、柔らかく、控えめかもしれない。しかしそのひとつひとつが寄り集まれば、それは逞《たくま》しく、頼もしく、力強い輝きになった。

ラララララ、ララララララ、ララララララ――。

気が遠くなるほど多くの灯《あかり》を、私は、呆然《ぼうぜん》と見た。

何千万。そして、何億。

なんという光景。

たくさんの人が集い、その想いが形になって目の前にある。想いとは、目に見えないものじゃない。ここ『U』では、しっかりと輪郭と色と明るさをもって、私たちの胸にあり続けるものなのだ。

「…………!!」

そう思うと気持ちが込み上げてきて、もうどうにもならなかった。瞳が潤んで前が見えなくなり、顎《あご》が震えてまともに歌えなくなった。嗚咽《おえつ》に耐えながら下を向きなんとか片手で涙を拭いた。そのせいで歌が途切れてしまった。首を振りつつ、手を替えて涙を拭いた。それでも歌い続けることは困難だった。

「鈴!!」

聖歌隊の女性たちのAsは、胸の光を揺らしながら、声を揃えて叫んだ。

「鈴ちゃん！」

ルカちゃんAsは、光を胸にアルトサックスを構えた。

そしてペギースーも、

「ベル……!!」

感極まると、

「歌え!! 止めるな!!」

ベルの代わりに、大声で歌い始めた。「ラララララ！」

「ペギースーだ」「え？ あのペギー？」「なんでここに？」

周囲のAsたちが戸惑いながら見る。

そんな視線など構わず、ペギースーは叫ぶ。

「ベル!! 歌え!!」

それに触発されたように、Asたちが、途切れた歌を歌い継ぐように、歌い始めた。

ラララララ、ラララララ、ラララララ――。

その声は、少しずつ広がった。言葉にならない歌を、たくさんのAsが、声を合わせて歌った。たくさんの歌声は、公園の彼方《かなた》まで広がっていく。

ラララララ、ララララ、ラララララ――。

聖歌隊の女性たちのＡｓも、それぞれに体を揺らしながら歌う。

ルカちゃんＡｓは、歌う代わりにサックスを吹いた。

大群衆による、壮大なセッション。

夜の闇の中、無数のＡｓたちが、胸の光を灯し、歌う。

歌うほどに、ひとりひとりの胸の光も強くなっていった。

それを見ながらジャスティンは、

「な、なぜだ⁉」

と青ざめた顔で声を震わせた。

「なぜアンベイルされたのに、潰《つぶ》されないんだ⁉」

予想もしていない反応だった。

アンベイルされたら『Ｕ』の中で生きてはいけない。だからこそアンベイルは力を持つのだ。アンベイルする者が、世界を制するのだ。

ベルは確かにアンベイルされた。そして彼女は、世界中から嘲笑《ちょうしょう》され、叩《たた》かれ、地に堕《お》ちるはずだった。

なのに、この目の前の光景はどうだ？　まるで違うではないか。

どうなっているのだ？

ジャスティンの背後に並んでいたスポンサーロゴのひとつが、離れていく。

「……あ!?」

慌てて振り返る。他のスポンサーロゴも、まるで潮が引くように次々と消えていく。あっという間にジャスティンをサポートする者は、誰もいなくなってしまった。

「く、クソ……!!」

追い詰められた表情で、ジャスティンは歯を嚙《か》み締めた。彼はもはや権力者でもなければ選ばれたＡｓでもなかった。

何千万もの胸の光を放つＡｓの大群衆は、まるで金色の海原のように見える。その中心が大きく盛り上がってゆく。

「な、何だ!?」

無数のスピーカーで着飾った巨大なクジラが、金色の海原をゆったりと浮上し、大きな波頭を立てた。

オオオオオオオ……!!

クジラは、まるで一緒に歌うように、大きな口を開けた。

プシュウゥッ、と高らかに吹き出した潮は、花火のようにキラキラ輝いた。

私は、巨大クジラの鼻先に掬《すく》い上げられた。

そこは、かつてベルが赤い花のドレスを身に纏《まと》い、世界中に向けて堂々と歌っていた場所だった。

同じ場所に、私は、生身で立つ。

立って、堂々と歌う。

クジラは、子クジラたちを従えて、金色の海原を共にゆったりと泳いだ。

歌よ翔《と》べ
みんなへと　悲しくて　嬉しいの　いま
この世界は　全部あって
目を伏せた　空にさえ
星は光り　日が昇り
咲く花が　あるのね、綺麗
歌
いつまでも　歌うわ
歌い継ぐ　愛してる　いつまでも

私は、美女でもなんでもない。ただの田舎に住むそばかすだらけの少女でしかない。

だけど私の中には、ベルがいる。

もうひとりのわたしが、私を、強くしてくれたのだ。ベルは消えてしまったが、私の芯《しん》として、いまも私の中にあり続ける。

私は、ベルを生きたことによって、強くなった。

ありがとう。

そう思った瞬間、私の体から、無数の花々が咲き開いた。

花々は、尽きることなく湧き出て、『Ｕ』の街を彩ってゆく。悠々と泳ぐクジラから拡散され、煌《きら》めくＡｓたちへと広がっていく。

無数のＡｓたちがたゆたう金色の海原を、クジラと子クジラたちはゆったりと泳いだ。

『Ｕ』の形をした月が浮かんでいる。

私は、曲のラストを、高らかに歌い上げた。

この瞬間の全ての生を、祝福するように。

ライブを見ていた恵くんは、圧倒されて、

「すごい……！」

と、つぶやいた。

知くんの目からは、ポロポロと涙が溢《あふ》れている。

「恵くん、ボク……ベル、に、会いたい……。会いたいよ……」

しかし恵くんは、疑いで、気持ちが揺れ動く。

「……本当にベルなのかな？　僕は完全に信用した訳じゃない」

が、決心したように呟《つぶや》いた。

「けど……」

知くんがそう言うのなら——。

素顔

私は、ゆっくりと顔を上げた。

さっきまで『U』の世界にいた私は、廃校の教室に戻ってきた。

夢から覚めたばかりのように、まだ呆然《ぼうぜん》としている。

私の視線の先には、接続が切られたままの、ビデオチャット画面がある。

その画面が「読み込み中」になって、接続が復活した。

知くんの声が、スピーカーから聞こえる。

「ベル？……見える？」

ノートパソコンのＷｅｂカメラを覗《のぞ》き込む知くんと恵くんの姿が映し出された。もう一度自分たちから接続してくれたのだ。

廃校に集ったみんなは、そのことがたまらなく嬉《うれ》しくて、

「やったああああっ!!」

と飛び跳ね、喜びの声を上げた。

そんな中、私だけは、まだ夢の中にいるみたいに呆然としていた。

「鈴」

と、しのぶくんが呼ぶ。

「……？」

「鈴の気持ちが届いたんだよ」

と、しのぶくんは微笑んだ。その笑顔を見て私は、やっと現実に戻ってくることができた。胸の中から嬉しさが溢れてきて、

「しのぶくん、よかった！」

と子供のように抱きついた。

しのぶくんはそんな私を抱き止め、その後ろ頭をポンポンとしてくれた。

「うん」

涙が滲《にじ》んだ頬を、しのぶくんに擦りつけた。

「よかったよー……」

恵くんと知くんの父親は、着信音に気がつく。

「……ん？」

リモート会議の合間だが、スマホをチェックする。SNSには動画が添付されてい

た。再生ボタンを押す。すると——、
花瓶がなぎ倒され、床で粉々になる。

《なぜ、いつも父さんの言うことを聞けない？》

先程の、自分自身の姿だった。

「なんだ、これは……？」

誰かが、動画を拡散させているのだ。

父親は、顔を引きつらせて、素早く自分の部屋を出た。

「メモして。この場所は……」

恵くんが、ビデオチャット画面で私たちに住所を知らせようとしている、まさにそのときだった。

バンッ、と大きな音がして、父親が入ってきた。

「ハッ!?」

恵くんと知くんが振り返る。父親は部屋を見回し、ノートパソコンのＷｅｂカメラを発見すると、

「それか……！」

と一直線にやって来た。恵くんは椅子から立って遮ろうとする。

「やめて……。やめて!!」

Ｗｅｂカメラへ手を伸ばす父親を、恵くんが懸命に阻止する。知くんも加わって二人がかりで抵抗する。が、父親は、

「どけっ!」

しがみつく二人の子供を、まるで物のように乱暴に振り払う。

それから恐ろしい形相でＷｅｂカメラを睨《にら》みつけた。

「クソ……!! クソがっ!!」

と画面を鷲摑《わしづか》みにするように手を伸ばし、一気にノートパソコンを閉じた。

瞬時に、画面にエラーコードが表示された。

《An error occurred. Please try again later……》

接続は、再び途切れた。

「…………!!」

私たちは、愕然《がくぜん》と立ち尽くすしかなかった。

聖歌隊の女性たちが、口々に言う。

「……ヤバイよ、あの子たち」

「行って守ってあげなきゃ」

「行くったって、どこに?」

「場所聞けなかったのに」

そのとき、ルカちゃんが遠慮がちに発言した。

「あの、もしかしたら、わかるかも」

「ええっ!?」

「さっきモニターから、夕方のメロディが聞こえました」

「メロディ？」

ルカちゃんは思い出すように、俯《うつむ》く。

「ひとつは『夕焼け小焼け』。もうひとつは……『椰子《やし》の実』」

すぐにしのぶくんが勘付く。

「それ、防災行政無線の定時音楽だ」

「ふたつって？」

と中井さんはしのぶくんを見た。

「自治体の境目だから、ふたつ聞こえたんだ」

「どことどこ？」

吉谷さんが尋ねる。

「組み合わせを調べる」

しのぶくんは言うなり、自分のスマホで調べ始めた。

机に向かうヒロちゃんが、振り返る。

「録画したの用意できた！」

「どれどれ……？」

女性たちは、大型モニターに集まった。

回線を切る恵くんのビデオチャット映像が映っている。そこから巻き戻して、うずくまる恵くんを父親が見下ろしている場面まで遡《さかのぼ》った。

そして再生。

白い部屋の外から、ふたつのメロディが混じって聞こえる。

言う通り、『夕焼け小焼け』と『椰子の実』だ。

中井さんが感心するように唸《うな》った。

「確かに」

「さすがルカちゃん耳がいい」

カミシンも唸る。

そこで唐突に、奥本さんが画面の端を指差した。

「……あれ？　何だろ、窓の外」

「え？」

小さな窓の外に、何か映っている。

「大きくして」

ヒロちゃんはすぐに拡大表示した。

「これ何？」

白飛びしている窓の外を画質補正していくと、ディテールが浮かび上がってきた。

「ビル……、マンション……？」

「ふたつ……？」

同じ形の高層ビルがふたつ、窓の外で見切れている。

中井さんはヒロちゃんの肩を揺さぶった。

「どこ⁉　検索して⁉」

「そんな……！　これだけじゃ……！」

いくらなんでも検索のしようがない。

その時、カミシンは何かに気づいたように、額に手をかざして画像をよく見た。

「あれ？　う～ん……」

「え？」

ルカちゃんがカミシンを見る。

カミシンはしばらく考え、それから、モニターを指差した。

「ルカちゃん。俺、これがどこかわかっちゃうぜ」

「ええっ⁉」

ヒロちゃんが驚いて振り返る。

「ちょっと待って。ん？　えーっと、どこだっけ？」

カミシンはモタモタと自分のスマホを探す。

「早くっ‼」

ヒロちゃんはじれったそうに催促する。

その間に、しのぶくんは答えを発見した。

「あ、出た！」

ヒロちゃんは素早くキーボードに向かう。

「そこって⁉」

「東京付近に5つ。そのうち高層ビルがあるのは、大田《おおた》区と、川崎《かわさき》市のあいだ！」

ヒロちゃんはすぐにモニターに向かい、地図検索ページを立ち上げた。現在地である仁淀川沿いから、視点がジャンプし、高知県を越えて東京へ向かう。ルート検索を辿《たど》り、しのぶくんが指定した大田区と川崎市の間を流れる多摩《たま》川《がわ》へズームしていく。

カミシンはガバッと顔を上げた。

「あった！　これじゃね⁉」

と、スマホを差し出した。最前列のど真ん中でカミシンがポーズを決めている遠征の集合写真。以前に見せてくれた画像だ。そのうしろ、多摩川の向こうに、2棟の同じ形の高層ビルが、確かに写っている。

平面マップが3D化する。武蔵《むさし》小杉《こすぎ》のビル群から回り込むと、同じビルが2棟現れた。ヒロちゃんはライブチャットのキャプチャーと、カミシンがAirDropで送った画像とを並べた。

「3つとも一致した。間違いない！」

しのぶくんとカミシンは、ハイタッチした。

「やるじゃん！」

ルカちゃんとヒロちゃんも、ハイタッチした。

「やったっ!!」

吉谷さんが、丁寧に電話をしている。

「もしもし？　恐れ入りますが、今からお伝えする地域に、至急保護していただきたい子供たちが……」

電話の相手は、児童相談所だ。

だが吉谷さんの表情が、曇った。

「え？　すぐにはできない？　ルール？　48時間？」

直接子どもの様子を、48時間以内に確認します、というルールのようだ。

「じゃあ、そのあいだに、もしものことがあったら……」

私は、ゆっくりと振り返った。

「行かなきゃ……!!」

体が勝手に動き出し、駆け出していた。

「鈴！」

「駅まで送る！」

中井さんと喜多さんが追いかける。

しのぶくんが呼びかける。

「鈴！」

私は応《こた》える余裕なく、教室を飛び出した。

ブオンッ、とエンジン音とともに、喜多さんが運転するダイハツムーヴキャンバスのヘッドライトが光った。白煙を上げてグラウンドで尻《しり》を振り方向を定めると、一気に加速して廃校小学校を出た。

日の入りまで、あと30分ほどある。

喜多さんはハンドルを握りしめて、仁淀川沿いの国道をかっ飛ばす。助手席の中井さんは検索した東京までの経路を後部座席の私に見せる。

「もう飛行機は間に合わない」

喜多さんは、動揺して横をチラ見する。

「じ……じゃ、このまま東京⁉」

伊野駅。

私を乗せた、特急あしずり16号が、定刻の19時15分に出発した。

中井さんと喜多さんは、ホームで見送ってくれた。

「ひとりで大丈夫かな……」

「鈴が決めたんだから……」

まるでお母さんみたいに言った。

あしずり16号は、19時28分、高知駅2番線に到着した。

既に日は沈み、空が青黒く染まっている。

高知バスターミナルを20時10分に出発した、ＴＤＬバスターミナル・ウエスト行きの高速バスは、高知自動車道を北上していた。

窓の外はもう真っ暗だ。

小さな街の光が、遠くにゆっくり流れているのが見える。

父さんは、帰ってこない私を心配しているだろう。

そう思うと、胸がじりじりと痛んだ。
車内から、メールを打った。
《父さん、何も言わなくて出掛けてしまったけど、ちょっと遠くに行ってきます》
開封済み表示が出て少し経つと、父さんから返信が来た。
《合唱の皆さんたちからメールがあった》
聖歌隊のみんなが連絡をしてくれていたのだ。
少しホッとした。
《いつも勝手な娘でごめんなさい》
《事情があるんだね》
《大事な人が、困ってる》
《君は、その人の力になろうとしている》
《でも、私なんかが力になれるのか、わからなくて》
と、素直に父さんに聞いていた。
こんなに気持ちのままに父さんに聞くのは、いつぶりだろうか？
父さんから、返信が来た。
《君は、かあさんが突然いなくなって、寂しくて、ずっとそれを我慢してきた。とてもつらかったと思うけど、でもこうして親切な子に育った。人の気持ちがわかる子に

育った》

胸が締め付けられた。

《鈴。君は、かあさんに育てられて、こんなに優しい子になったんだよ》

父さんのメールの文字が、あたたかかった。途中からぼやけて見えなくなった。

《その人に、優しくしてあげなさい》

画面の上に、涙の滴が次々と落ちた。

《ありがとう》

翌朝6時15分、高速バスは、横浜《よこはま》シティ・エア・ターミナルに到着した。そこから東横《とうよこ》線に乗り換え、7時前には多摩川駅の改札を出た。

駅の外では、路面のタイルに雨粒がポツポツと落ち始めていた。

見回して不安が増した。初めて降りる駅。見知らぬ街並み。ちゃんと辿り着くことができるだろうか？

小雨の中、走り出した。

多摩川を背に、坂道を上って行く。高知では見たこともない大きな一軒家が、銀杏《いちょう》並木の奥に、静かに建ち並んでいる。人通りはまるでない。たまに大きな乗用車が、静かに通るだけだ。

交差点で佇《たたず》み、見回した。

自分がどこにいるのか、見失ってしまう感覚に襲われる。この中からたったひとつの家を見つけ出すなど、途方もないことのように思われる。

そんな不安を振り払うように、また走り出した。

「ハァ……ハァ……」

高級マンションのある四つ角で佇み、見回した。

水たまりに波紋がいくつも見える。さっきよりも雨が強くなってきたのかもしれない。

「ハァ……ハァ……ハァ……」

不安の中で辺りを見回していると、余計に体力を奪われる。疲れで腕が下がってきている。こんなんじゃダメだ。早く見つけないと……、と思い直した瞬間、不意に足がもつれた。

「あっ!!」

濡《ぬ》れた道路に、前のめりに倒れた。

「う……、うう……」

しばらく動けなかった。

唸《うな》りながら腕を立て、痛みのある体を持ち上げた。びしょびしょで泥だらけの顔を、手の甲で拭《ふ》いた。行かなきゃ。歯を噛《か》みしめると、前を見据えて走り出した。

そして、やっと見つけた。

豪邸の並ぶ坂道の向こう。多摩川を挟んだその先に、あの2棟の高層ビルが見えた。

「ここだ……！」

間違いない。じゃあこの近くに……。

「ベル……？」

と、坂の上で声がした。

「……はっ!?」

振り返ると、傘も差さず坂に佇む、小さな人影がある。

「来て、くれた、の？」

白いパーカーを着た、知くんだった。

「知くん！」

「……ベル……！」

私は坂の下から、重力に逆らうように力強く駆け出した。フードをかぶった知くんは、両手を広げて、こちらへ走ってくる。

坂の途中で、知くんを抱きしめた。

透き通るような、白い肌。驚くほど、細い体。

こんなか弱い子が、助けを求めてしがみついてくる。

「もう大丈夫。もう大丈夫だから……」

私は、落ち着かせるように背中に手を回して、知くんに何度も囁《ささや》いた。

それを坂の上から疑念の表情で見つめる、もうひとりの少年がいた。

恵くんだった。

「本当に、ベルなの……？」

私は、知くんを抱いたまま、笑顔を向けた。

恵くんは、ゆっくり坂道を下りてきた。が、途中で立ち止まり、一定の距離を取ったまま、それ以上近づこうとしない。まだちゃんと、信用されていないのだ。

どうしたら、この距離が埋まるのだろうか？

私と、恵くんのあいだに、雨が降る。

そのとき、

「おい!?　どこだ!?」

坂の上の豪邸の門が開いている。そこから父親が、怒鳴りながら出て来た。

「どこだ!?　知！　恵!!」

「!?」

大声に、恵くんはビクッと振り返った。

S字の角を曲がって、父親はこちらに姿を現す。

「恵!! なぜ許可なく外へ出た!?」

と、圧力をかけるようにずんずんやって来る。

恵くんは表情をこわばらせ、押されるようにあとずさる。

「………!!」

私は、咄嗟《とっさ》に二人を抱きしめ、やってくる父親から庇《かば》うように背中を向けた。

「誰だおまえは!?」

父親は、私の肩を暴力的に摑《つか》む。

「ネットに書き込んだのはおまえか!? そうだろ!?」

強引に決めつけ、怒りに満ちた形相で、大きく私の肩を揺する。

私は二人を抱きしめたまま、下を向いて動かない。

「虐待!? 嘘つくんじゃない!」

父親は、憤るように怒鳴った。口調には真実味が感じられた。本当にそのつもりがないのかもしれない。そのつもりがないまま、恵くんと知くんをあれほど追い詰めていたのかもしれない。

守らなきゃ。私は、二人の背中を抱き締める手に、力をギュッと込めた。

　そのとき恵くんは、ハッとして私の方を見て、

「この感触……‼」

　と、何かに思い当たるように呟《つぶや》いた。

「恵！　知！　家へ戻れ！　言うことを聞けないのか⁉　親の言うことを聞くのは当然のことだろ⁉　そうだろ⁉」

　雨が、激しくなる。

　父親は、私の肩を掴み、激しく何度も引っ張った。

　私は二人を両手に抱いたまま、地面に座り込む。

「くそっ！　この小娘が！　私たち家族を引き裂く気か⁉」

　父親の手が、私の頭と顔を鷲摑《わしづか》みにし、まるで物のように何度も前後に揺らした。

　そして爪を立てたまま、力任せに引っ張った。ブチッ、とゾッとするような音がした。

　私の左の頬が中指の爪でえぐり取られた音だった。少し遅れて、鋭い痛みが走った。

「許さん！　許さんぞっ‼」

　父親は、まるで威嚇するように拳《こぶし》を高々と上げた。

　このままでは守れない。私は覚悟を決めた。静かに立ち上がり、振り返って、私の体を盾にした。

「…………⁉」

その様子に、拳を上げた父親は、驚いたように目を見開いた。

私は、何も身を守らず、何も言わず、恵くんたちを守るように、立ち塞《ふさ》がった。

ただ強いまなざしで、父親を見据えた。

雨が、降りしきる。

父親は、私の行動が予想外であったらしく、たじろぎ、一瞬、力を緩めた。

が、再び憎悪をたぎらせて、拳を構え、揺らして威嚇した。

「オオオオッ!!」

人を上から見下す目だ。彼は、ずっとそうやって人を見下し、人を従わせてきたのだろう。今この瞬間、殴りつけられてもおかしくない。そう言えるだけの本気の目だ。

私はみじろぎせず、強いまなざしのまま、父親を見据え続けた。

えぐられた私の左頬から、血がスッ……、と流れた。

あなたに、私の魂は、絶対に見下されやしない。

そのとき、父親に、ある変化が起こった。構えた拳が、まるで力が入らないかのように弱まり、ブルブル震え出した。自由が利かないように弱々しく震えている。

それに自分で気づいたのか、震えを無理やり押さえつけるように拳に力を込め直した。

「……オオオッ!!」

父親の拳が威嚇する。

雨水が、私の髪から頬を伝い、血と混ざり、顎《あご》の下へ溜《た》まって、雫《しずく》となって落ちた。

見下されやしない。

私は、強いまなざしで、父親を見据え続けた。

「……ああ……あ……ああ」

父親は、とうとう拳を振り下ろせない。

腕のみならず、全身がブルブル震えだした。ヨロヨロと後退《あとずさ》りして、全身の力が抜けたように、ペタンと尻餅《しりもち》をついた。前髪が雨で垂れ下がり、ひ弱な目で見上げている。そこにいたのは、大人でも親でもない。ただの弱々しい哀れな男だ。

「ああ……ああ……ああ…………」

彼はまるでその場にいることが耐えられないかのように、尻をついたまま後退りし、体をひねって膝《ひざ》をつくと、逃げ出すように坂の上へ去っていった。

それを私は、無言で見送った。

気がつくと、雨は小降りになっていた。

恵くんの声がした。

「……ベル」

「……?」

恵くんは立ち上がり、無表情のまま顔を上げて、私を見つめた。

「さっき抱きしめられて、やっとわかった。君は、本当にベルなんだって……」

そして、感情をうまく表現できないように、表情を変えずに言った。

「来てくれてありがとう。すごく……、来て欲しかったんだ……」

恵くんの、精一杯の言葉だと思った。きっと、本当に、来て欲しかったのだ。それがじんわり伝わってきた。

「会いたかったよ。ベル」

恵くんは、ぎこちなく微笑んだ。

その笑顔に、私の愛《いと》おしい気持ちが溢《あふ》れ出て、

「私も……」

と、前に出て、恵くんを抱き締めた。

私たちは、まるで恋人同士のように、おでこをくっつけ合った。

恵くんは、優しげな瞳《ひとみ》で私を見つめた。

「君の立ち向かう姿を見て、ハッとした。僕も立ち向かわなきゃいけないって思った。だから、闘うよ」

いままであったすべてのことを、私は思い出すように目を閉じた。

「私も、あなたに教えられた。あなたは私の臆病《おくびょう》だった心を、解き放ってくれた」

恵くんは、本来の14歳の恵くんに戻ったように初々しく頬を赤らめた。

「……ありがとう。大好きだよ、ベル」

そのとき知くんは、ゆらりと立ちながら、

「ベル、キミは、キレイ」

と、私をじっと見つめて言った。

いつかベルに言ってくれた言葉だった。泥だらけで傷まみれの私は、知くんにそう言われてとても誇らしく、そして幸せな気持ちになった。

「……ありがとう」

私たちは、三人で抱きしめ合った。

優しい雨が、私たちを濡《ぬ》らした。

『U』は、今日も世界中から集った多くの人で溢れている。

誰かが初めて『U』を訪れ、期待と不安の中、ぎこちなく登録を開始する。

それは、あなたかもしれない。

メッセージが、こだまする。

《『U』はもうひとつの現実。「As」はもうひとりのあなた》

《現実はやり直せない。でも『U』ならやり直せる》

『U』の形を象《かたど》った三日月が、ゆっくりと上って来る。
《さあ、もうひとりのあなたを生きよう》
《さあ、新しい人生を始めよう》
《さあ、世界を変えよう》

東京を出発して、午後、高知駅に着いた。

伊野駅に、須崎行きの汽車が到着する頃には、日が傾いていた。

ホームに降りた。

汽車が出発してゆくと、向かいのホームに、父さんが立っているのが見えた。

私は、線路越しに、じっと父さんを見た。

父さんも、じっと私を見た。

私の左頬に、大きな絆創膏《ばんそうこう》が貼ってある。父さんはそれを見て、どうしたのだろう、と思うかもしれない。危険な目にあったのか？　と思うかもしれない。何があったのかと、尋ねたいかもしれない。

父さんは、ぽつりと言った。

「……今日、ごはんは？」

私は、意外な、そしていつもの問いをする父さんに、少し驚いて、それから微笑んだ。

「……食べる」

父さんも、少し微笑んだ。

「じゃ、たたき、食おう」

これで久々の親子の直接会話は終わった。たったこれだけのやりとりをするのに、一体、何ヶ月、何年の時間を費やしたのだろうか。でもいいんだ。やっと言えた。ごはんは？　食べる。たったこれだけのことが、やっと言えた。時間がかかって言えたことの重みを噛《か》み締めた。

そして私は、すっきりした顔で、微笑んだ。

「ただいま」

父さんも応《こた》えて微笑んだ。

「おかえり」

私たちは、お互い、ホッとして見つめ合った。

と――、

「鈴!!」

駅舎の外で、中井さんの声がした。

聖歌隊の女性たち、ヒロちゃん、ルカちゃん、カミシン、そしてしのぶくん――、みんなが迎えに来てくれていた。

「おかえりー!!」

夕方の光に染まる仁淀川の河原沿いを、みんなでゆったりと歩いて帰った。

聖歌隊のみんなが先頭を行き、父さんが、最後尾を歩いてゆく。

私たちのうしろで、ヒロちゃんとルカちゃんが仲良さそうに話している。それをカミシンが微笑ましそうに見ている。

私は、しのぶくんと一緒に歩いた。

「……鈴」

「ん？」

「あの子たちを守る鈴を見て、なかなかやるなって思った」

私は、しのぶくんを振り返った。

しのぶくんはじっと私を見て、それから微笑んだ。

「かっこよかったぜ」

私は呆然《ぼうぜん》としのぶくんを見上げた。自分の頬が赤くなっていくのがわかった。

しのぶくんは、歩きつつ、手を広げて大きく背伸びをした。

「ああ、やっと解放された」

と、空を仰ぎながらしみじみ言った。

「もう守るんじゃなくて、これから普通につきあえる気がする。昔からそうしたかったんだ」

私は、今までそんなふうに思っていたしのぶくんのことを、初めて知った。でもなんて言っていいか分からずに、しのぶくんの見ている同じ空を、見上げた。

西の空の積乱雲の向こうに、夕陽があった。青い空に黄色く染まった雲が、清々《すがすが》しく見えた。

しのぶくんは、立ち止まってそれを見上げている。ヒロちゃんやルカちゃん、カミシンも立ち止まって見上げている。父さんも、聖歌隊の女性たちも。

積乱雲のてっぺんの方で、光の筋が美しく伸びている。

それを見上げながら、私は心の中で、しのぶくんに言った。

ごめんね。

――ううん、違う。

言うべき気持ちは、ありがとう、だ。

いつかその気持ちを、ちゃんと直接、しのぶくんに言えたらいいな。

言える自分になりたいな。

ゆるやかな風が、私の髪を揺らした。

女性たちが、何か話しているのが聞こえてきた。

「ねえ、みんなで歌って帰ろうか？」

「いいねー。練習がてらに」

「秋のコンサートに向けて」

「何歌う？」

「あの曲しかないでしょ」

「わかった。あの曲ね」

女性たちは、振り返った。

吉谷さんが呼ぶ。

「鈴。リード取って」

ヒロちゃん、ルカちゃん、それとカミシンも前のめりになって、

「歌って！」

と声を合わせた。

私は、ハッと振り返って、しのぶくんを見た。

しのぶくんは、

「聴いてる」

と、微笑んだ。

「……うんっ！」

そして私は笑顔で前を向き、大きく息を吸った。

「じゃあ、いくよっ‼」

本書は書き下ろしです。

竜《りゅう》とそばかすの姫《ひめ》

細《ほそ》田《だ》守《まもる》

令和3年 6月25日　初版発行
令和3年 7月10日　再版発行

発行者●堀内大示

発行●株式会社KADOKAWA
〒102-8177　東京都千代田区富士見2-13-3
電話　0570-002-301（ナビダイヤル）

角川文庫 22707

印刷所●株式会社暁印刷
製本所●本間製本株式会社

表紙画●和田三造

●お問い合わせ
https://www.kadokawa.co.jp/（「お問い合わせ」へお進みください）
※内容によっては、お答えできない場合があります。
※サポートは日本国内のみとさせていただきます。
※Japanese text only

ISBN 978-4-04-111056-0　C0193

JASRAC 出 2103975-102

角川文庫発刊に際して

角川源義

第二次世界大戦の敗北は、軍事力の敗北であった以上に、私たちの若い文化力の敗退であった。私たちの文化が戦争に対して如何に無力であり、単なるあだ花に過ぎなかったかを、私たちは身を以て体験し痛感した。西洋近代文化の摂取にとって、明治以後八十年の歳月は決して短かすぎたとは言えない。にもかかわらず、近代文化の伝統を確立し、自由な批判と柔軟な良識に富む文化層として自らを形成することに私たちは失敗して来た。そしてこれは、各層への文化の普及滲透を任務とする出版人の責任でもあった。

一九四五年以来、私たちは再び振出しに戻り、第一歩から踏み出すことを余儀なくされた。これは大きな不幸ではあるが、反面、これまでの混沌・未熟・歪曲の中にあった我が国の文化に秩序と確たる基礎を齎らすためには絶好の機会でもある。角川書店は、このような祖国の文化的危機にあたり、微力をも顧みず再建の礎石たるべき抱負と決意とをもって出発したが、ここに創立以来の念願を果すべく角川文庫を発刊する。これまで刊行されたあらゆる全集叢書文庫類の長所と短所とを検討し、古今東西の不朽の典籍を、良心的編集のもとに、廉価に、そして書架にふさわしい美本として、多くのひとびとに提供しようとする。しかし私たちは徒らに百科全書的な知識のジレッタントを作ることを目的とせず、あくまで祖国の文化に秩序と再建への道を示し、この文庫を角川書店の栄ある事業として、今後永久に継続発展せしめ、学芸と教養との殿堂として大成せんことを期したい。多くの読書子の愛情ある忠言と支持とによって、この希望と抱負とを完遂せしめられんことを願う。

一九四九年五月三日

角川文庫ベストセラー

時をかける少女〈新装版〉　筒井康隆

放課後の実験室、壊れた試験管の液体からただよう甘い香り。このにおいを、わたしは知っている——思春期の少女が体験した不思議な世界と、あまく切ない想いを描く。時をこえて愛され続ける、永遠の物語！

日本以外全部沈没　パニック短篇集　筒井康隆

地球の大変動で日本列島を除くすべての陸地が水没！　日本に殺到した世界の政治家、ハリウッドスターなどが日本人に媚びて生き残ろうとするが。時代を超越した筒井康隆の「危険」が我々を襲う。

ドミノ　恩田陸

一億の契約書を待つ生保会社のオフィス。下剤を盛られた子役の麻里花。推理力を競い合う大学生。別れを画策する青年実業家。昼下がりの東京駅、見知らぬ者同士がすれ違うその一瞬、運命のドミノが倒れてゆく！

チョコレートコスモス　恩田陸

無名劇団に現れた一人の少女。天性の勘で役を演じる飛鳥の才能は周囲を圧倒する。いっぽう若き女優響子は、とある舞台への出演を切望していた。開催された奇妙なオーディション、二つの才能がぶつかりあう！

失われた地図　恩田陸

これは失われたはずの光景、人々の情念が形を成す「裂け目」。かつて夫婦だった鮎観と遼平は、裂け目を封じることのできる能力を持つ一族だった。息子の誕生で、２人の運命の歯車は狂いはじめ……。

角川文庫ベストセラー